AF192120

Egy a sorsunk

ANDY **SATURDAY**

Kölyök

novum pro

Ez a könyv
e-könyvként
is elérhető

www.novumpublishing.hu

© 2023 novum publishing

ISBN 978-3-99131-995-5
Lektor: Sósné Karácsonyi Mária
Borítóképek: Greens87, Katalinks, Terriana,
Jarenwicklund | Dreamstime.com
Borító, tördelés & nyomda:
novum publishing

www.novumpublishing.hu

Climate neutral
Print product
ClimatePartner.com/16547-2201-1002

1. fejezet

Egy átlagos napnak indult az egész, és egy elhibázott, apró döntésem miatt pár hónap alatt az álomból szörnyű valóság lett. Elindítottam magam körül egy hullámot, ami rossz partra vetett. Elveszítettem mindent és mindenkit, akit szerettem és számított az életemben. Mire megismertem a szerelmet, mindennek vége lett, pedig megvolt mindenem, amiről mások csak álmodnak. Életem az örök napfény, pálmafák, és az óceán legszebb kékjében, magas, csillogó toronyházakkal körülvéve éltem. Óriási ház minden kényelemmel, magániskola – bár ez mind a szüleim érdeme, és a választott tisztségüké. Azt gondoltam, hogy amit csinálni szeretek, a későbbiekben az lesz a megélhetésem. A tánc és a hangszerek szeretete mindennél többet jelentett nekem és tettem is érte, hogy elismerjék a tudásom, míg a szüleim le nem törték az álmomat, pedig előbb tudtam zongorázni, mint járni, amire anyám tanított, és a táncot is ő szerettette meg velem. De akire mindig számíthattam, az egyetlen barátom volt, Marcus. Egy elhibázott szülinapi ajándék, amit elfogadtam tőle – csak erre vágytam –, elhozta számomra a büntetést, és aki elindította azt a hullámot, egy nagyon vonzó, fiatal nő. Az ajándék, ami meghatározta volna az egyéniségemet... ő készítette el, és ezzel elindította a sorozatos balszerencsémet.

A légkondi hidege ébresztett, testemet átjárta a borzongás. Keresnem kellett a takarómat. Tapogatóztam, alig láttam valamit a beszűrődő fénysugarak miatt, mert mint valami settenkedő rossztevő bujkáltak a roló rései között és folyton a szememet célozták. Homályosan ugyan, de láttam; alig múlt fél hét. Volt még időm az ébresztőig, így fejemet visszafúrtam a párnába, édes álmok után sóvárogva. Elaludtam! – ugrottam fel az ágyból: nem hallottam a telefonom ébresztőjét. Alig maradt félórám indulásig. Amilyen gyorsan csak tudtam, letusoltam és magamra kapkodtam az egyenruhámat. Sötét nadrág, fehér ing, világos zakó az iskola címerével. A nyakkendőt gyorsan a zsebembe gyűrtem, táskámat felkapva lerohantam az emeletről.

– Jó reggelt! – kiáltottam oda a szüleimnek, akik a konyhában halál nyugodtan kávéztak, míg én próbáltam magamra rángatni a cipőmet, azt sem tudva nagy zavartságomban, hogy melyik a jobb és bal lábam. – Elaludtam, nem kérek reggelit! – kiáltottam, mielőtt belementünk volna, milyen fontos is az.

– Azt hittem, csak elszórakoztad az időt – szólt közbe Julia, Daniel anyja.

– Nem ébresztett a telefonom, vagy csak nem hallottam.

– Szeretném, ha este korábban lefeküdnél, folyton eljátsszátok az időt Marcussal.

– Igazad van, anya, de most nagyon sietek. Ha hazaértem, megbeszéljük.

– Hogy mentek suliba? Elvigyelek magammal benneteket? – kérdezte Daniel apja, Nick, aki közben hátulról átölelte fiát, majd megcsókolta arcát.

– Jó reggelt neked is, Daniel!

Szerettem, mikor apám a teljes nevemen szólított. Ettől mindig boldognak és fontosnak éreztem magam, mivel különösen jó kapcsolatot ápoltam az apámmal.

– Nem, köszönöm – és a ház elől már hallatszott is a hosszú dudálás. Mióta Marcus szülinapjára megkapta a hőn vágyott motort, ha csak tehettük, azzal indultunk reggelente. Alig 20 perc volt az út, kilencre bőven ott voltunk mindig. Kiviharzottam egy gyors köszönés után az ajtón, és a barátomhoz siettem.

– Daniel, a hajad... – hallottam még anyám kiáltását, de már bevágtam magam mögött az ajtót.

– Jó reggelt kölyök. Mi ez a fej, elaludtál?

– Ennyire látszik? Akkor azért kiabált anyám utánam! – üdvözöltem, és gyorsan felpattantam mögé a motorra. – Nem hallottam az ébresztőt, alig maradt időm összevakarni magam, de induljunk, mert elkésünk.

– Kapaszkodj, máris indulunk, de nekem tetszik ez a kócos stílus, csak tudj róla.

Mosolyogtam a sisakom alatt.

Marcus kissé ráhúzott a gázra, és alig 20 perc múlva már a suli udvarán parkoltunk. A diákok felénk sandítottak, mikor leszálltunk és elindultunk egymás vállait átölelve, besietve az épületbe. Imádtam ezt az irigy nézést. Nem vagyok rosszindulatú vagy ilyesmi, de tetszik a dolog, és hát biztonságban éreztem magam, ha mellettem volt az egyetlen barátom, akit tiszteltek a diákok. Sokan irigyeltek minket az igaz barátságunk miatt. Sülve-főve együtt voltunk, pedig más volt az érdeklődési körünk. Míg Marcus 180 centijével a suli kosárlabdacsapatának kimagasló személyisége volt, addig – alig pár centivel lemaradva Daniel a tánc és a zene megszállottja. Előbb tudott zongorázni, mint járni. A nappaliban álló fehér zongora meghatározó része lett az életének, majd később a gitár és a dob iránti szenvedélyes szerelem vette át a helyét. Zenét szerzett és dalokat írt. A suli zenei bálványa volt, aki szerette a több fős fiúegyütteseket. Szívesen másolta és egészítette ki azok koreográfiáját. Volt egy fiúcsapata, akikkel szívesen gyakorolt és lépett fel iskolai előadásokon. A tanárok ezt jól tudták, és szívesen bízták meg ezek megszervezésével. Órákig tudott gyakorolni, ezzel fejlesztve magát. Őrült kondícióban volt, ami látványossá tette testét. Izmos volt és szexi. Népszerű a lányok körében, de a srácok is folyton megbámulták. Külső adottságai igazán szemet gyönyörködtetőek voltak, de belsőleg is minden adott volt, hogy szülei büszkék legyenek rá. Barátját, aki hasonló adottságokkal bírt, gyönyörű félvér bőre, ami finom tejeskávéra hasonlított, tette vonzóvá. Vegyes rasszú szülők egyetlen gyerekeként ő is a figyelem középpontjában állt. Így voltak ők az elválaszthatatlan páros mindennap. A motor csak egy plusz volt a tűzre, ami még több irigy tekintetre adott okot. Egykeként megvolt mindenük, mégsem éltek vissza vele. Jó tanulók voltak, bár Daniel szerencsésebb: neki elég volt, amit az órán hallott. Dolgozatokra szokott jobbára gyakorolni, de nem vitte túlzásba. Anyja egyetemi tanárként irodalmat, zenét és modern táncot tanított, amiért odavoltak az egyetemi hallgatók. Még a középiskolában versenytáncosként rengeteg fellépése volt. Vonzó, mindig kedves mosolyú nő, aki büszke volt, hogy két jóképű férfi van az életében: férje és fia.

Nick, a sármos, jóképű férfi, aki a munkája miatt mindig öltönyt viselt, és akitől fia a rakoncátlan tincseit örökölte. Már az egyetemen, ahol utolsó éves ügyvédbojtárként gyakorlatozott, ostromolta Juliát, aki cserediákként Magyarországról érkezett az Egyesült Államokba. Sajnos korán elveszítette a családját, még kezdő ügyész korában. Most Miamiban éltek egy jómódú környéken, barátaiktól alig pár háznyira, akik Marcus szülei voltak. A srácok óvodás koruk óta elválaszthatatlanok voltak, ahogy a szülők is. Marcus sebészorvos apja – spanyol származásúként – együtt tanította a srácokat az anyanyelvére, mikor már elég nagyok voltak hozzá, ahogy Julia is tanította a fiát a magyar nyelvre, amit Daniel anyanyelvi szinten sajátított el. Marcus anyja vezető kutatóbiológusként dolgozott azon a magánklinikán, ahol még rezidensként megismerkedett a leendő férjével, Lucassal. Mindkét család megengedhette magának, hogy magániskolába járjanak a srácok, de még itt is folyton ment a harc a főnök szerepért mind a fiúk, mind a lányok körében. A kosárlabdacsapat nagyképű seggfejei részéről – ahogy Daniel hívta őket, kivéve barátját, aki nem szerette, ha valakit zaklattak – még harmad évesként is ki volt téve a folytonos zaklatásnak. Nem szerette a kosárlabdát, csak barátját szokta elkísérni meccsekre, mint ahogy Marcus őt a táncpróbára, ha ideje engedte, s mint kritikus segítette őt a munkájában. Daniel futni és bokszolni szokott még, de csak is a bokszzsákot püfölte, kímélve ezzel szép pofiját. Ezért is csúfolták a srácok: lányosan szép arcáért, cseresznyepiros, telt ajkaiért. Kerek popsija miatt, amit mindig megbámultak és megveregettek, folyton ugratták, hangosan szóvá téve a többi diák előtt, ugyanakkor izmos teste irigylésre adott okot. Szerették cukkolni és megalázni, de Marcusra mindig számíthatott, ha már látta rajta az elkeseredés halvány jelét is. Daniel az iskolában zárkózott volt, és a tánc jelentette számára a megváltást. Nem tudták, mennyi munka és energia fekszik a munkájában, s hogy a külseje ez által mennyit fejlődött. Még az egyenruha is másképp állt rajta, és sokaknak ez sem tetszett. Irigyek voltak, mikor a lányok hangosan szóvá tették a szünetekben, és ez a srácok körében nem tett jót neki, mert azt hitték róla, egy beképzelt seggfej, pedig csak behúzta fülét-farkát, mikor sietve áthaladt a folyosókon. Nem igazán mutatkozott a rendezvényeken kívül, és ott is csapatban dolgozott. Soha nem volt oka, hogy nagyképűnek mutassa magát, mert nem kereste a bajt, és Marcus társaságán kívül csak a csapattársaival érintkezett. Lassan vége volt az utolsó órának is, de ezzel nem volt vége a suliban töltött óráknak. Marcusnak edzése, míg Danielnek táncpróbája következett. Három órakor kicsengettek. A fiúk összenéztek, és kisietve a teremből megbeszélték, hogy ötkor a parkolóban találkoznak. Daniel már a tükrös teremben volt és átöltözve várta a többieket, plusz négy srácot, akivel egy csapatot alkottak. Szűk farmerja és mélyen kivágott felsője alig takarta felsőtestét, ezzel látni engedve izmos mellkasát. Szőke tincseit a fejtetőjén copfba fogta, hogy ne zavarja a táncban, és előkészítette a zenét, élvezve addig, míg mindannyian megérkeznek. Lassan befutott mindenki. Átöltöztek és elkezdték a próbát. Egy óra gyakorlás után megbeszélték a másnapot, majd elköszöntek egymástól. Danielnek még volt ideje a találkozóig, de ezt egy cseppet sem bánta, mivel ilyenkor tudott igazán kibontakozni. Megkereste kedvenc zenéjét és előtört testéből az a szenvedély, amin néha még ő is elcsodálkozott. Ha sejtette volna, hogy néha közönsége is akadt... Az a titokzatos személy szerette elkapni ezeket a pillanatokat. Kikerekedett szemekkel figyelve átérezni a mély, energiával teli mozdulatokat, amelyek megmozgatták a fantáziáját. Szerette látni Daniel izzadságtól nedves felsőjét, különleges mozdulatait, amelyek még jobban kiemelték teste izmosságát, belőle kihozva a piszkos gondolatokat.

Gyorsan eltelt az idő, ezért Danielnek sietnie kellett, hogy Marcus ne várjon rá. Kicsit lemosakodott, átöltözött, és a parkolóba sietett. Közben a titkos imádó is elhagyta a búvóhelyét.

– Itt vagyok! – kiabáltam a parkoló egyik végéből, látva, hogy Marcus már a motoron ülve vár rám. – Ne haragudj, elszállt az idő. Indulhatunk – és felpattantam mögé.

– Dehogy haragszom. Milyen volt a próbád?

– Nagyon jól sikerült, igazán élveztem.

– Ennek örülök. Kapaszkodj, indulunk – mondta, és rövid időn belül már a házunk előtt álltunk.

– Lenne kedved még átjönni úszni? – kérdeztem.

– Persze, jövök, csak bekapok valamit – válaszolta, majd pár házzal arrébb gurult.

Fáradtan, de annál boldogabban siettem be a házba, látva apám autóját. Szokatlan volt, hogy korán itthon találom. Hétköznap mindig későn ért haza a munkája miatt, de a hétvégéket szerettük együtt tölteni.

Nicolasnak mindig volt ideje a fiára, még ha tárgyalása vagy irodai munkája is volt. Azonnal reagált a hívására, ezért is volt jó a kapcsolatuk. Mindig ő volt az első, mióta a karjába vette őt. Igazán jó apa volt, és szeretete határtalan, amit Daniel nem használt ki soha. Mindig figyelmes és tisztelettudó volt a szüleivel, és nagyon hálás, hogy mindene megvolt.

– Megjöttem – szóltam be a nappaliba szüleimnek, aki boldogan fogadták a köszönésem.

– Milyen napod volt? – kérdezte Julia.

– Hosszú és fárasztó, de végre itthon. Nem gond, ha Marcussal úszunk pár hosszt? – kérdeztem, mivel csak ahhoz éreztem elég erőt, hogy megmártózzam a hűvös vízben.

– Velünk vacsorázik?

– Majd megkérdezem – és ledobtam magam a kanapéra, hogy erőt gyűjtsek, de a szemeim szinte leragadtak a fáradtságtól. Apa simogatása térített magamhoz. Megborzolta a hajam és megpöckölte az orromat.

– Biztosan lesz még erőd az úszáshoz? – kérdezte. – Fáradtnak tűnsz, pihenj egyet vacsora előtt.

– Pár perc és összeszedem magam, kicsit még nyújtózom.

Apa mellém huppant a kanapéra.

– Nem kell sietned, úgyis észrevesszük, ha Marcus megérkezik.

– Neked milyen napod volt, történt valami? – érdeklődtem, mivel szokatlan volt, hogy korán itthon van.

– Elmaradt egy tárgyalásom, és nem akartam kihagyni még egy vacsorát veletek.

– Örülök, hogy itthon vagy – öleltem át, és összeszedve minden erőmet felmentem a szobámba úszógatyát húzni. A szobám minden szükségletemet kielégítette. Tágas, modern berendezéssel, amelyből külön fürdőszoba nyílt csak nekem. Az ágyam akkora volt, hogy akár három személy is kényelmesen elfért volna rajta. Kellett is, mikor Marcus nálam aludt, és elfoglalta szinte az egészet. Na, de holnap végre péntek, és jöhet egy kis lazítás. Átöltöztem, magamhoz vettem egy törölközőt, és lementem a kertbe. A házhoz tartozott egy igazán nagy, minden igényt kielégítő medence. A hétvégén, ha csak tehettük, gyakran használtuk. Anya többnyire csak napozott, de apával kihasználtuk minden adottságát. Míg Marcusra vártam, úsztam pár hoszszt. Apa is megvált az öltönyétől, és kiült hozzám beszélgetni. Megvitattuk a nap történéseit, mire Marcus is befutott. Hangos „sziasztok" közepette, pólóját, papucsát ledobva ugrott be a vízbe. Apám is üdvözölte őt; szinte fiaként szerette Marcust. Barátom tegezte szüleimet, ahogyan én is hasonlóan, mikor náluk rontottam a levegőt. Elmondhatjuk, hogy egyszerre volt két apánk és két anyánk. Mindig számíthattunk a másik szülőjére. Közben apa magunkra hagyott bennünket: segített anyának a vacsorához való terítésben.

– Daniel! – szólt Marcus. – Elkísérnél holnap suli után a bevásárlóközpontba?

– Szombaton nem ér rá? Holnap lenne még próbánk.

– Nem vásárolni szeretnék. Kérlek, mondd le a holnapi próbát. A srácok is biztosan értékelnék, hogy pénteken előbb hazamehetnének.

– Tudom, és igazad van, de ezt még holnap megbeszéljük. Velünk vacsorázol?

– Nem, köszönöm. Megígértem a szüleimnek, hogy velük eszem.

Párszor még víz alá nyomtuk egymást, majd elköszöntünk a reggeli viszontlátásig. Marcus még odaszólt, hogy ne felejtsek el váltóruhát vinni reggel, ha a plázába indulunk. Derekamra tekertem a törölközőt és bementem a házba. Magamra kaptam egy pólót és rövidnadrágot, majd lesiettem a vacsorához. Elena, a házvezetőnőnk már nem volt nálunk, ezért anya tálalt. Szerettem ezeket a hármasban töltött időket, amelyek ritkák voltak, de annál bensőségesebbek. Harsány nevetésünk átjárta a házat, megtöltve minden apró zugát. Kivételesek voltak ezek a pillanatok, ezért igyekeztem elraktározni magamban minden egyes pillanatát. Már vagy egy, másfél órája élvezük egymás társaságát, mikor nagyon álmos lettem. Kilenc fele járt már az idő, ezért elköszöntem és felmentem a szobámba. Anya még utánam szólt: – Tudod, mit mondtam reggel – és arcán pajkos mosoly ült. A lépcsőről még visszamosolyogtam, és csak bólintottam rá. Öszszeraktam holnapra a táskámat és ránéztem a gépemre üzenetek után kutatva, de csak Marcus írt a holnapi kiruccanásunkkal kapcsolatban. Visszajeleztem neki, és bevetettem magam a fürdőszobába. Alaposan megsikáltam magam, megtörölköztem, beállítottam a telefonomon az ébresztőt és befeküdtem az ágyba. Igen, csak úgy meztelenül, mint mindig. Nem szerettem, ha alvás közben szorít a pizsama. Kényelmes volt, és így szoktam meg. Nem tudom, mikor kezdődött ez nálam, de igazán jól éreztem magam tőle. Talán úgy fogalmaznék: szexinek. Csak akkor kaptam magamra valamit, ha Marcus nálam aludt.

Szeretem, mikor a szatén ágynemű simogatja a testem. Úgy ölel át minden alkalommal, mintha egy bársonyos kéz simogatná a testem. Igazán kellemes érzés járt át, egészen a lelkemig hatolt. Mivel légkondicionált volt a ház, magamra húztam a takarót, és ennek köszönhetően hamar álomba zuhantam.

2. fejezet

Nem hittem a szememnek: megint elaludtam, mivel tényleg nem szólt a telefonom. Apa ébresztett fel, még épp időben, de így is alig maradt negyedórám összekapni magam. Gyorsan letusoltam, odafigyelve a tegnapi bozontra a fejemen, mivel nem akartam bosszantó beszólásokat, majd lesiettem. Miközben cipőt húztam, szóltam a szüleimnek a délutáni programunkról Marcussal, és hogyha már ott vagyunk, megnézetném a telefonomat is.

– Persze, menjetek csak – mondták. – De nagyon vigyázzatok a forgalomban – intett anyám, mivel aggódott, ha motorral közlekedtünk.

– Ha mégsem tudják megjavítani, van elég pénz a számládon új telefonra? – kérdezte apa.

– Nem igazán használtam, ezért biztosan.

– Azért a biztonság kedvéért napközben utalok rá.

– Köszönöm – válaszoltam, és kisiettem a házból, mert Marcus már türelmetlenül dudált.

– A fenébe, elfelejtettem a ruhát. Sajnálom, Marcus, de már nincs idő visszamenni.

– Gondoltam, ezért hoztam neked is. Csak nem megint elaludtál? Mint az a mesehős... hogy is hívják? Csipkerózsika! Remélem, azért fogat mosni volt időd! Nem szeretnék száz év szagától ledőlni a motorról.

– Eltaláltad, viszont a délután elintézve. Most indulj, mert tényleg elkésünk. Herceg fekete motoron, hahaha. Nagyon vicces herceg vagy – vágtam vállon barátomat, mire mindketten hangosan nevettünk. Bent mindent megbeszéltünk, mert sikerült időben beérnünk a suliba. Megígértem Marcusnak, hogy ebédszünetben megkeresem a srácokat. Nagyon köszönte.

– Megkérdezhetem, milyen ruhákat hoztál nekem, mikor magasabb vagy nálam?

– Időben megtudod. Az utolsó óra után a mosdóban átöltözünk.

Szünetben megkerestem a srácokat az elmaradó próba miatt, aminek nagyon örültek, bár rajtam ez másképp látszott. Nem szerettem elbliccelni a próbákat, ezt mindig komolyan vettem. – Végre péntek van – mondták, és siettek haza, mert este szórakozni indultak, de ígérték, hogy a jövő héten bepótoljuk. Végre kicsengettek, s mi a mosdóba siettünk átöltözni. Marcus nagyon furán viselkedett: az öltözésbe is besegített, anynyira szeretett volna már elindulni. Minden ruhadarab, amit nekem hozott, már szinte átlépte a szexi szintet. A nadrágba a combom alig fért bele, annyira szűk volt, de Marcus mélyen kivágott fehér pólója igazán jól mutatott tejeskávészínű bőrén. Nem tudom, mi ütött belém, de nem tudtam levenni róla a tekintetemet, és szívem sugallata szerint szívesen végighúztam volna izmos mellkasán a kezemet. Fekete bőrdzsekije kiemelte széles vállait. A nekem választott fekete-fehér, ujjatlan, oldalt mélyen kivágott felső, ami alig takarta az oldalamat, már engem is zavarba ejtett. Nem tudom, mi volt vele a célja, kicsit furcsállottam, de ha jobban megnéztem, tetszett. Úgy érzem, szereti rajtam ezeket a különleges darabokat. Lazán a nadrágba húztam, majd én is kaptam egy dzsekit. Magamra vettem. Marcus a kezembe nyomott egy fekete baseballsapkát, ha kósza tincseim rakoncátlankodnának.

– De csak szigorúan a bukósisak után – figyelmeztetett. Az egyenruháinkat a szekrényben hagytuk, mivel otthon van belőle bőven váltás.

– Tényleg klassz ruhákat hoztál – köszöntem a barátomnak, aki közben felsegítette rám a sisakot.

– Miért aggódtál? Azt hiszed, nem tudom, mi áll jól neked? Tartsd meg, elő-születésnapi ajándéknak szántam – mondta furcsa mosollyal, miközben éreztem, hogy ez a szerelés az ő vágyait elégítette ki. Mosolyogva néztem őt, és elhessegettem a fura képzelgéseimet.

Felpattantunk a motorra és elindultunk a belvárosba. Még mindig nem tudtam, mit keresünk péntek délután a bevásárlóközpontban, de gondoltam, kivárom, és nem leszek türelmetlen. Leparkolva megkerestük a telefonboltot, megnézetni, miért is csinál belőlem bolondot a telefonom. Sajnos nem tudták megjavítani, már azon is csodálkoztak, hogy három évig bírta. – Itt az ideje másikat vásárolnod – mondta Marcus. Segített választani – persze a legújabb modell mellett döntöttünk. Elintéztem a papírmunkát, kifizettem, és láttam, apa már utalt át pénzt. Nem szoktam elherdálni, ezért ami volt rajta, az is fedezte volna a kiadást, így meghívtam Marcust ebédelni, ami ránk fért, mert majd' éhen haltunk. Beültünk egy gyorskajáldába, amit csak akkor szoktunk, ha erre tévedtünk – ezért gyötört is a bűntudat rendesen. Mivel már elég régóta ott voltunk, az asztalnál ülve kérdeztem, mit is keresünk itt, amit otthon nem oszthatott meg velem, de csak annyit fűzött hozzá: már csak félórát bírjak ki. Fél öt volt, most már hamarosan megtudom. Addig most már kibírom, és hogy elüssük az időt, cipőboltokat jártunk új darabok után kutatva. Mindketten találtunk a stílusunknak megfelelőt, és az idő is ötöt mutatott. Marcus megragadta a csuklóm, és szinte vonszolt maga után.

– Jövök én magamtól is – mondtam, de meg sem hallotta.

Születésnapom előtt két héttel Marcus elvitt egy helyre, ami számomra tiltott volt. Az üzlet előtt állva nagy betűkkel a bejárat fölött ez volt olvasható: TATTOO SALON. Úgy tűnt, a lánynyal ismerik egymást. Bemutatkozott:

– Lara vagyok, te biztosan Daniel vagy.

Alig értettem, mit mond, mert sokk hatása alatt állhattam. Még mindig azon gyötrődtem, hogy kerültem ide. Nekem ez tiltott hely volt, pedig mindennél jobban vágytam rá. Tudom, csak tizenhét leszek, de úgy éreztem, ettől lennék teljes, ezzel kifejezhetném, milyen is vagyok valójában. A zene és a tánc iránti szenvedélyem, és hogy nem vagyok lányos, ahogy a suliban csúfolnak. Többnek érezhetném magam tőle. Ezt az egyet nem akarták engedni a szüleim, még úgy sem, hogy nem kényszerítenek a saját hivatásukba. Vagy talán mégis abban reménykednek, hogy nem a zeneiparban képzelem el a jövőmet? Bíznak benne, hogy megváltozik a véleményem, és tiszta testtel és lélekkel indulok neki a jövőnek? De olyan nagy kérés ez? Nem akarok szülinapomra semmi mást, csak erre vágyom.

Nem tudom, meddig állhatam ott lefagyva, de Marcus a vállamra fogva már megrázott, hogy térjek vissza a földre.

– Kölyök! – kiáltott rám. – Tudom, mit gondolsz, de hallgass meg, kérlek. Szeretnélek megajándékozni a születésnapodra egy tetoválással, és Lara ebben segít nekünk.

– Tudod, hálával tartozom Marcus családjának, és ha így is törleszthetem, szeretném valóra váltani az álmod. Az apja megmentette anyám életét. Ha bízol bennem és elfogadod, megcsinálom úgy, hogy hármunk között marad.

Marcus csak győzködött, hogy ha már rajtam lesz, a szüleim nem tehetnek semmit, és ő ezt ajándéknak szánja. Tudom, helytelen, és ellentmond a szüleim akaratának, de most mindennél jobban akarom, és kis tétovázással, de rávágtam: „rendben". Megbeszéltük, mit szeretnék, mekkorát és hova. Mivel nem kis méretről volt szó, megkérdeztem, mennyi idő alatt készülne el teljesen a bal lapockámtól a derekamig. Gitárra és hangjegyekre gondoltam, ami kifejezné a zene és hangszerek szeretetét, szinte már fanatikus rajongásomat.

– Mivel nagy a méret, úgy három napot szánnék rá, napi 1-2 órát – mondta.

– Be tudod vállalni, hogy esténként itt legyél?

– Még nem tudom, hogyan, de megoldom.

– Marcus? – kérdeztem.

– Ne aggódj, segítek neked.

– Még valami! – szólt a lány. – Marcus említette a fájdalomcsillapító hatását nálad. Elég csodabogár vagy, ilyennel még nem találkoztam. Bevállalod, ha nem úgy reagálnál a tetoválásra és beteg lennél, belázasodnál, akár nagyobb baj is lehet?

– Igen, tudom, számomra veszélyes lehet, és talán ez is a tiltakozás oka a szüleim részéről, de muszáj bevállalnom. Érzem, nem lesz baj. Vigyázni fogok, és ha valami lesz is, nem foglak hibáztatni.

Sajnos a fájdalomcsillapító szerek veszélyesen hatnak a szervezetemre: akár ellentétes hatást is kiválthatnak belőlem. Egy fejfájás is rengeteg fájdalommal járhat nálam. A fájdalomcsillapító napokra is kiüthet, sőt akár eszméletvesztéssel is járhat.

Sajnos már ismertek a tünetek egy régebbi betegség miatt, és kiderült: örököltem ezt a szörnyű kórt még valamelyik nagyszülőmtől, de nagyon jól viselte a szervezetem. Ezért is tartom karban a testemet.

– Rendben – mondta a lány. – Akkor holnap este, zárás után. 18 órára, ha tudnátok jönni, elkezdhetjük.

– Holnap szombat, nehéz lesz, de megoldom.

– Három nap nem hosszú idő, csak az utána lévő gyógyulás elhúzódó – mondta a lány.

– Hazafele átgondoljuk, és mindenképp visszajelzek neked – mondtam a lánynak, miközben a szívem hevesen kalapált hirtelen meghozott döntésem miatt.

Bevallom, kissé megijedtem, de igyekeztem nem kimutatni a többiek előtt. Ha most kihagyom, örökre bánni fogom, ezért határozott leszek. Elindultunk hazafelé, bár nem szívesen, mert éreztem egyfajta bűntudatot, megbánást.

– Nem lesz baj, ha kiderül – mondogattam magamban, és Marcust is győzködve. – Szeretnek ők annyira, hogy ne legyen belőle baj!

Marcus csak bólintott, majd szája szegletében apró mosoly jelent meg.

Hazafelé mindkettőnknek csak pörgött az agya. Az úton még megálltunk, átgondoltuk, hogy is legyen a holnapi nap, és megbeszéltük, hogy segít a kezelésben, nehogy baj legyen, és a szüleim idő előtt rájöjjenek, mit is takargatok. Nem lesz könnyű, de valahogy bele kell vágnom. Hazaértünk, és mintha mi sem történt volna, tettük a dolgunkat. Nagy szerencsémre szombatra a szüleimet vacsorázni hívták, így el tudunk menni a szalonba. Lara nekilátott a nagy műnek. Nagyon jól viseltem, ezért jól tudott vele haladni: szinte a fele elkészült. Elmondta, mit kell vele otthon tennem, de ebben Marcusra kell hagyatkoznom. Letapasztotta, de még nem indultunk haza. Mivel mindannyian megéheztünk, hármasban beültünk pizzát enni, és fizettem a számlát hálám jeléül. Jól éreztük magunkat, nagyokat beszélgettünk, és elmeséltem, miért is szeretném ezt a tetoválást. A lány elmondta, hogy a bátyjáé az üzlet, és ő is szokott tetoválni

17

a suli mellett. Utolsóéves egyetemista. Lara nagyon kedves lány volt, teljes volt az összhang köztünk. Úgy éreztem, működik a kémia. Elköszöntünk, majd hazaindultunk. Még otthon megbeszéltem, hogy szeretnék Marcusnál aludni, mert lenne egy kis dolgunk, ezért ott rendben lekezeltük a tetoválást. Az éjszakát jól viseltem, nem volt gond. Másnap újra elmentünk, és nagyjából be is fejezte a remekművet. Nagyon ügyes volt a csaj meg kell hagyni, és még csinos is. Megbeszéltük, hogy hétfőn találkozunk még, de egy kis randit is beiktatunk. Bevallom, nagyon tetszett nekem, még ha idősebb is volt, de biztosan tapasztalt. Még soha nem csókolóztam, maximum apró puszik, amelyek valaha is elhagyták a számat. Mikor Marcusnak elmondtam, mit gondolok Laráról, furcsán kezdett viselkedni. A hétvégét egészen jól megúsztam: a szüleim nem sejtettek semmit, és a testem is jól viselte a műalkotást. Hétfőn, suli után Marcus elvitt a plázába: moziba indultunk, legalábbis otthon ezt mondtuk. Lara még átnézte a tetoválást, és lekezelte. Míg beszélgettem és flörtöltem a lánnyal, a barátom beült enni és megvárt. Nem akarta, hogy egyedül menjek haza, de szerintem szemmel akart tartani. Mintha féltékenynek láttam volna. Jól sikerült a beszélgetés, és hazafelé Marcus is jól viselkedett. Este kicsit bajban voltam, mert otthon kellett aludnom. Marcus, mielőtt hazament, segített a kezelésben.

Már eltelt két hét, a bőröm nagyon szép lett, és megúsztam mindenféle gyulladást. Boldog voltan, hogy belevágtam, és ezt a barátomnak köszönhettem.

3. fejezet

Lassan itt van a szülinapom, pár nap. Addigra a tetoválásom is teljesen rendbe jön, bár nem tudom, hogy fogom elmondani. Esetleg csak hagyom, hogy meglássák; örökké úgysem titkolhatom, kénytelenek lesznek elfogadni. Kértem, hogy ne legyen nagy parti a szülinapomon, szeretném, ha hármasban töltenénk a napot, egy vacsora is megteszi. Végre belementek, és a kedvenc éttermünkbe megyünk. Elhatároztam, hogy ott elmondom nekik, mit tettem, talán a nyilvános hely segítségemre lesz, addig valahogy kihúzom. Hosszú volt az a pár nap, szinte bujkáltam előlük. Hazudoztam, már rosszul éreztem magam miatta. A suliban is igyekeztem eltakarni a hátam, pláne a próbákon a srácok elől, legalább addig, míg a szüleim előtt fel nem fedem. Egyik este lefekvéshez készülődtem. A fürdőszobában épp végeztem a zuhanyozással, mikor apa keresett.

– Daniel – kiabált a szobámból.

– Pillanat, várj egy kicsit!

De mire kimondtam, már mögöttem állt. A tükörből láttam az arcát, azt a megdöbbent arcát, amit azelőtt soha. Percekig bámultuk egymást a tükrön át, nem találtuk a szavakat, míg anya hangját meg nem hallottuk.

– Áh, szóval itt bujkáltok!

Már hárman álltunk a fürdőben letaglózva. Teljes terjedelmében láthatták a hátam, mivel csak egy törölköző volt a derekamra tekerve. A percek hosszú óráknak tűntek, csak bámultuk egymást a tükrön át. Nem mertem megfordulni és a szemükbe nézni, mígnem anyám megragadta a karomat és kihúzott a fürdőszobából, majd az ágyra lökött.

– Mit jelentsen ez, hogy került rád? – kérdezte.

Olyat láttam a szemében, ami megrémített. Apa csak állt, és nem szólt semmit. Nyitotta volna a száját, de hang nem jött ki rajta. Anya nagyon dühös volt, szinte izzott a szeme, de nem mint egy óvó anyatigrisnek. Megrémített, féltem tőle, ami még velem nem történt meg soha.

– Ajándék! – feleltem olyan félelemmel, hogy éreztem, a testem elgyengül.

– Ki adott neked ilyen ajándékot, és hogy fogadhattad el, mikor tudtad a feltételeinket? Válaszolj nekünk! A szavai kemények voltak, rengeteg haragot éreztem benne.

– Daniel! – szólt apám. – Válaszolj, kérlek, hogy a tiltás ellenére hogy került ez rád. Már értem a sok kifogást, a hazudozást, ami mind azért volt, hogy ezt elrejtsd. Mióta van rajtad? – kérdezte.

– Két hete, de el akartam mondani a vacsoránál! – mentegetőztem.

– Nem az elmondás a lényeg, hanem a meggondolatlanságod! – felelte apám.

– Akárki is adta ezt neked, nem gondolt arra, mi lesz a következménye, ahogy te sem – mondta anyám.

– Tudom, hibáztam, de miért lenne ez akkora baj és milyen következményekkel járhat? – kérdeztem aggódva. – Ha nem teszem meg, soha nem kapom meg a lehetőséget tőletek! Miért vagytok ennyire ellene?

Úgy álltak felettem, mint valami ítélőszék.

– Még csak tizenhét éves leszel, nem adtunk rá engedélyt! Ugyanakkor az iskola sem nézi jó szemmel, ahogyan mi sem apáddal! Tudom, azt mondjuk, tanulj, és csináld azt, amit szeretnél, de... – itt elhalkult a hangja.

– De a szívetek mélyén azt szeretnétek, hogy komolyabb dolgokkal foglalkozzak – fejeztem be anyám szavait, de könnyek gyűltek a szemeimbe. Az a csalódás, ami abban a percben ért, semmivel sem volt összehasonlítható. Nem is a tetoválásról volt itt szó. Az előadások kihagyása...

Azt gondoltam, a sok munka miatt van, és nem erőltettem, hogy megnézzenek, mivel másoknak is folyton hiányoztak a szülei a nézők közt. De most már mindent értettem. Soha nem támogatták őszintén, amit csinálok, és itt még nem volt vége.

– Reggel suli helyett orvoshoz megyünk, eltüntetni rólad ezt a firkálmányt! – jelentette ki anyám.

A könnyek, amik tartották magukat, most kifakadtak. Nem tudtam uralni őket. Felugrottam az ágyról és kiabálni kezdtem.

– Nem tehetitek ezt velem! Nem engedem – és berohantam a fürdőszobába, bezárva magam mögött az ajtót. A padlóra rogyva sírtam, mint egy kisgyerek.

– Daniel! – kiabált apám, és rángatta a kilincset. – Azonnal nyisd ki az ajtót! Beszéljük meg, és vállald a következményeket! De én ebből mit sem hallva csak zokogtam és olyan fájdalmat éreztem, amitől csak még jobban összekuporodtam a padlón.

– Rendben, legyen, de reggel akkor is együtt megyünk orvoshoz.

Nem tudom, mennyi idő telt el, hogy a padlón feküdtem, de kintről már nem hallottam beszélgetést. Lassan összeszedtem magam és kimentem a szobámba. Már késő éjjel volt, bebújtam az ágyba, de nem tudtam elaludni. Az is megfordult a fejemben, hogy átszököm Marcushoz, de rájöttem, az nem megoldás. Nem tudom, mikor aludtam el, de egyszer csak arra eszméltem, hogy az ablaküvegen át csiklandozza arcomat a felkelő nap sugara.

4. fejezet

Reggel nem volt édes az ébredés, mivel anyám ébresztett és rám parancsolt, azonnal szedjem rendbe magam, indulunk. Nem szóltam semmit, csak tettem, amit mondott. Nem ellenkeztem; nem volt hozzá erőm. Nem is tudtam, mit tehetnék ellene a síráson kívül, ami egyfolytában szorította a torkomat. Lementem az emeletről és leültem a nappaliban. Mindezt olyan lassan tettem, hogy már csak vonszoltam magam. Fájt a lelkem, csalódott voltam és elkeseredett. Soha nem gondoltam, hogy ez bekövetkezhet.

– Gyere, kérlek, egyél – szólt hozzám apám, de nem mentem, még csak nem is köszöntem neki. Attól a pillanattól, hogy csalódtam bennük, soha többé nem akartam beszélni velük. Nem tudtam a szemükbe nézni, csak a padlót bámultam akkor is, mikor apám erőteljesebben rám szólt, üljek az asztalhoz enni. Odamentem, de csak bámultam magam elé. A sírással küszködve, ami szinte megfojtott, semmi nem ment volna be a számon.

– Rendben, nem beszélsz, nem eszel, megértem, de te okoztad magadnak. Tudom, csalódtál, de mi is benned.

Úgy éreztem, az én csalódásom sokkal nagyobb: elárultak azok, akiket mindennél jobban szeretek. Nem tudtam tartani magam, olyan fájdalmat éreztem a mellkasomban mintha ketté akart volna szakadni. Indultunk, a könnyeimmel küszködve kimentem az ajtón, ahol Marcus állt velem szemben.

– Mi történt, hova mentek?

– Daniel ma nem megy suliba – mondta apám. – Kérlek, jelezd a tanár felé.

Csak néztem őt és nem akartam semmi mást csak, hogy mentsen meg és vele legyek, de ez nem következett be. Marcus teljesen lefagyott, és nem reagált a történésre. Otthagytam, és engedelmes gyerek lévén követtem a szüleimet. Külön autóval mentünk, én apám autójában a hátsó ülésen foglaltam helyet. Láttam, meglepődött, de nem szólt semmit. Anyám az orvos után még bemegy tanítani. Bevallom, féltem, hogy tudtak hirtelen időt szakítani rá, hogy orvoshoz vigyenek. Miféle orvoshoz? Ezer gondolat cikázott a fejemben, míg odaértünk. Valamilyen magánklinika volt, a nevére nem emlékszem, mert újra előtört belőlem a sírás. Mikor találták, este még utánanéztek? Bementünk, bejelentkeztünk. Alig vártunk 10 percet, ami nekem óráknak tűnt, és már hívtak is be. Egy középkorú orvos fogadott, és kérte, mondjam el, miért is vagyok ott, de nem néztem a szemébe és nem szóltam hozzá. Anyám ezt megelégelve elmondta, miért is jöttünk, mivel utánanézett, hogy foglalkoznak tetoválás eltüntetésével. Mikor ezt kimondta, akkor jutott csak el a tudatomig, mit is keresek én itt.

Az orvos kérte, vessem le a felsőm, szeretné megnézni. Meglepődött.

– Szép munka, és elég terjedelmes! – mondta, majd végigsimította az oldalam. Beleborzongtam. Az volt az érzésem, ha nem lettünk volna páran a szobában, talán még mást is tett volna.

– Mikori? Elég frissnek néz ki.

– Két hetes – mondtam.

– Gondolom, szülői beleegyezés nélkül csináltattad? – kérdezte tőlem, de nem válaszoltam.

– Azért is vagyunk itt, doktor úr – mondta anyám.

– Lézeres kezeléssel dolgozom, de mivel elég friss – bár nagy felület –, nem lesz gond eltüntetni. Kisebb fájdalommal jár, de ha a tetoválást kibírta a fiatalember, ezt is ki fogja – mondta a szemembe kissé gúnyosan, államat felemelve.

Elfordítottam a fejem, a könnyeimmel küszködve kérdőn néztem apámra, nem váltva ki belőle semmiféle érzelmet. Nem törődött vele, mekkora könnycseppek folytak végig az arcomon. Magamra kaptam a felsőmet és kirohantam a szobából. Ő utánam rohant, és elkapta a karomat.

– Sajnálom, de nem hagytál más választást nekünk. Várj meg az autóban. Visszamegyek, és utána beszélünk.

Az autóhoz siettem, beültem, és csak eldőltem az ülésen. Úgy éreztem, ez a nap megpecsételte a további életemet. A szüleim visszaértek az autóhoz, ahol anyám elköszönt és az egyetemre ment. Apám hazavitt, majd útközben elmondta, mi fog történni az orvosnál, mivel holnap már mennem kell az első kezelésre. Nem szóltam hozzá; nem akartam többé beszélni vele, soha többé. Hazaértünk, de nem jött be velem a házba. Elköszönt, és otthagyott magamra a gondolataimmal és szorongásaimmal. Bemehettem volna még a suliba, csak 10 óra volt, de nem lett volna hozzá erőm, és a kérdések megválaszolásához semmi kedvem nem volt. Hiányzott Marcus. Nem is tudja, mi történt. Felmentem a szobámba, eldőltem az ágyamon. Arra ébredtem, hogy valaki ébresztget.

– Hé, álomszuszék, meddig akarsz még aludni? – kérdezte tőlem Marcus. – Mesélj, mi történt, hova mentetek reggel? Derekát átölelve bújtam az ölébe, mint egy kisgyerek.

– Olyan ridegek voltak a szüleid, még soha nem láttam őket ilyenek. Megtudták?

– Orvoshoz vittek, leszedetik rólam – mondtam a könnyeimmel küszködve.

Marcus felugrott az ágyról és hangosan kiabált. Visszarántottam az ágyra és újra magamhoz szorítottam.

– Semmi értelme az egésznek, nem erről van szó. Az egész zene- és táncrajongásomról szól. Soha nem akarták, hogy ezzel foglalkozzak, csak elhitették velem, hogy érdekli őket. Más terveik vannak velem kapcsolatban. Soha többet nem akarok hangszerhez nyúlni, táncolni meg főként nem. Miért történt ez? – kérdeztem tőle, de csak abban tudott segíteni, hogy szorosan magához ölelt.

Marcus

Majd' belehaltam, mikor láttam Daniel könnyektől ázott arcát, zokogástól rázkódó testét, amivel hozzám bújt, szorosan átölelt. Belegondolva, mindezt én okoztam neki. Nem gondoltam, hogy ez az ajándék ekkora zűrt okoz az életében. Nem tehettem mást, csak szorosan öleltem és reménykedtem, hogy mindez csak álom.

– Ettél ma már, készítsek neked valamit? – póbáltam terelni a gondolatait.

24

– Nem, de nem vagyok éhes.

– Nem teheted ezt magaddal, minden rendben lesz – nyugtatgattam, miközben tudtam, milyen komoly döntést hoztak a szülei.

– Gyere velem, készítek neked valamit.

Daniel

Nagy nehezen kimásztam az ágyból, megmostam az arcom, és követtem őt a konyhába. Próbáltam magamba gyűrni egy szendvicset, de nem igazán esett jól. Nem tudtam másra gondolni, csak a csalódásra a szüleimmel kapcsolatban.

– Tudom, hogy hibáztam, mikor felvarrattam magamra az ajándékod, de most, hogy az sem maradhat, nem akarok többé zenélni. Ezek után nem tudom, mi legyen. Soha nem akartam mást csinálni, és tudom, jó vagyok benne, de minden reményem elszállt, mint ahogy a tetoválásom is el fog tűnni. Holnap reggel már mennem kell az első kezelésre. Kérlek, kérd meg őket, hogy te vihess el! Nem akarok egyedül menni, félek!

– Átérzem a fájdalmadat és mindent megteszek, ha nincs más lehetőség. Sajnálom, hogy ekkora bajt okoztam neked, de mondd, miért nem lázadunk? Túl jólneveltek vagyunk? Más biztosan küzdene, ellenszegülne az akaratuknak. Nem tudom, mit tehetnénk! Szerinted, ha abbahagyod a zenélést, változik valami? Csak magadnak ártasz vele. Ha jó vagy benne, ne hagyd abba.

Marcus is a könnyeivel küzdött, mikor meghallottuk a bejárati ajtó nyitódását. Anyám érkezett haza. Marcus köszöntötte, nekem semmi nem jött a számra, még csak fel sem néztem rá. Ő ettől eltekintve jókedvű volt. Marcus a tárgyra tért, és megkérdezte a másnapot.

– Mivel úgy gondolom – mondta anyám –, hogy közöd lehet a történtekhez, ám legyen. A te feladatod lesz arról gondoskodni, hogy Daniel ott legyen minden alkalommal a kezelésen. Ha a szüleid nem mennek bele, csak hívjanak fel minket.

25

– Rendben – ígérte meg Marcus annak ellenére, hogy tudtuk, mindkettőnknek mekkora fájdalommal jár ez.

– Egy óra múlva Nick is itthon lesz, telefonált, akkor vacsorázunk. Velünk eszel? – kérdezte anyám.

– Köszönöm, de hazamegyek, csak még megmutatom Dannek a leckét.

Alig vártuk, hogy fent legyünk abból a kínos helyzetből, ami uralta a konyhát. Sokáig csak feküdtünk egymás mellett az ágyon, és bámultuk a plafont. Rengeteg kérdés járt a fejemben, és soha nem éreztem ekkora félelmet, mint most. Marcus megfogta a kezemet és összekulcsolta az övével.

– Melletted leszek és vigyázok rád! Nem lesz baj – mondta. Mikor lekísértem az emeletről, apám akkor ért haza. Köszöntötték egymást az ajtóban.

– Akkor reggel itt leszek érted – mondta, majd elköszönt.

– Már ne menj a szobádba, Dan – szólt anyám –, hamarosan eszünk. Míg apám átöltözött, addig a nappaliban foglaltam helyet, mélyen beleásva magamat egy folyóiratba, hogy még csak fel se kelljen néznem. Anya sem kérte, hogy segítsek a tálalásban, ahogy azelőtt mindig is szoktam, miközben elmeséltük, mi történt velünk aznap. Kínos légkör uralkodott, csak a tányérok csörömpölése törte meg a csendet. Apám lesietett az emeletről és helyet foglalt az étkezőben, s kérte, hogy csatlakozzak hozzájuk. Kénytelen voltam odaülni, még ha nem is voltam éhes. Marcus szendvicse sem esett jól, hát még ha velük kellene ennem! Egy falat sem csúszna le a torkomon. Anyám szedett a tányéromra, de csak a padlót bámultam. A kínos csendet is ő szakította meg.

– Marcus megkért, hogy ő vihesse el Danielt a kezelésekre. Beleegyeztem. Esetleg van kifogásod ellene? – kérdezte apámat, akinek nem volt ellenvetése. Annyit mondott:

– Tudom, hogy most haragszol ránk és nem beszélsz velünk, de remélem, megbékélsz, és a döntésünkkel is. Folytathatod a szenvedélyed, de szeretnénk, ha ezek után elgondolkodnál, hogyan tovább.

Felálltam az asztaltól.

– Soha többé nem nyúlok hangszerhez, nem vagyok éhes, felmegyek a szobámba.

Elindultam a lépcsőn, miközben anyám utánam kiabált:

– Azonnal gyere vissza vacsorázni!

Apám csak csitította, hallottam.

– Hagyd, majd megnyugszik.

Mitől nyugodnék meg, mikor most tört darabokra, amiért annyit dolgoztam? A szobámba érve összepakoltam a cuccaim holnapra. Igaz, még korán volt, de elmentem tusolni. A zuhany alatt viszont összetörtem. Nem tudtam magam tovább tartani, és a zuhanytálcába rogytam. Hogy meddig lehettem alatta, nem emlékszem, de arra jó volt, hogy lemossa minden egyes könnycseppemet. Soha nem sírtam még ennyit eddigi életemben, de azt hiszem, ebben a pár napban bepótoltam mindent. Nagy nehezen összekapartam magam és a szobába mentem. Befeküdtem az ágyba, de csak bámultam ki a fejemből. Holnaptól megváltozik minden – csak erre tudtam gondolni, és arra, amit Marcus mondott: *lázadni.*

5. fejezet

Marcus megvárt a szobámban, míg elkészültem. A szüleim már nem voltak otthon, nem is találkoztunk velük. Kilépve az ajtón a nap meleg sugarai megcsapták az arcom.

– Ilyen gyönyörű reggelt így kezdeni! – sóhajtottam. Motorra ültünk, de soha nem öleltem úgy a barátomat, mint akkor reggel. A hátába fúrtam a fejem, a derekán összekulcsoltam a két kezemet. Annyira féltem! Éreztem, ahogy Marcus a kezemre teszi az övét, tudtomra adva, mennyire együtt érez velem. A klinikán nem vártunk sokat, időben érkeztünk. Megkértem a dokit, hogy Marcus hadd legyen velem. Beleegyezett. Lehúztam a felsőm, és még egy utolsó pillantást vetettem a tükrön át a legszebb ajándékra, amit valaha kaptam. Soha nem felejtem el, raktároztam el a képet magamban, és hasra feküdtem az ágyon.

– Kissé kellemetlen lesz, ha nem bírod, szólj – mondta az orvos. A vállamtól kezdte, és haladt lefelé.

– 30-50 perces a kezelés, egy hét is lehet, de mivel még friss, talán hamarabb is kész leszünk vele – mondta. Épp, hogy megszoktam volna, már el is illan a varázs. Ezekkel a gondolatokkal fordultam Marcus felé, aki nem messze ült tőlem, és a szemeiben szomorúságot láttam. A legkedvesebb ajándék, amit csak kaptam, és attól, akit a legjobban kedvelek.

Marcus szörnyen érezte magát, miközben nézte, hogy az ajándéka lassan semmivé vállik a barátja testén.

– Hogy érzed magad, nagyon fáj?

Fél tizenegy körül beértünk, a harmadik óra tartott, de lassan kicsengettek. Úgy döntöttünk, nem megyünk be, csak majd a következőre. Lassan átöltöztem a mosdóban. Nem tudom, mennyit tudhat az osztályfőnökünk a dologról, de az utolsó óránk vele lesz. Lassan teltek az órák, kissé sajgott a hátam. Alig bírtam megülni az órákon. Végre az utolsó is eljött, amitől féltem. Az osztályfőnök ismertette a hónapban tartandó programokat, amiben az osztály részt vesz, és nekem szegezte a kérdést:

– Daniel, szeretném a segítségedet kérni a szervezésben.

Meg sem vártam, hogy befejezze a mondatát.

– Sajnálom, tanár úr, de többé nem segíthetek önnek. A mai naptól nem veszek a kezembe hangszert, és nem táncolok.

Azt hiszem, az osztályt sokkoltam, mert mindenki abbahagyta a beszélgetést és rám néztek. Marcus is felnézett rám, és kérdő pillantást vetett felém. Nem értette, de én már meghoztam a döntésemet.

– Ezt hogy érted? – kérdezte a tanár úr.

– Nem szeretnék magyarázkodni, és a döntésem végleges.

Láttam rajta, hogy lesújtottam a válaszommal, ezért az óra végén négyszemközt beszéltem vele. Tudta, miért jövünk később a suliba, de az otthon történteket nem mondtam el. A hirtelen döntésem miatt személyes okokra hivatkoztam. Nehezen, de elfogadta. Marcus ma nem maradt edzésen, hazavitt és velem maradt, míg a szüleim hazaértek. Nem csináltunk semmit, csak feküdtünk az ágyon szótlanul. Mindketten kimerültünk a mai napon. Szerettem volna, ha ma éjjel velem marad. Nem akartam egyedül lenni. Mielőtt hazaértek volna a szüleim, elaludtunk.

Reggel a rendelőben egész jól haladtunk, talán nem kell sokáig idejárnunk. Ha már úgysem maradhat rajtam, szeretnék gyorsan túlesni rajta. Ma valahogy fájdalmasabb volt, mint tegnap. Nehezen viseltem az órákat aznap, nem éreztem jól magam, de meg kellett várnom, míg Marcus edzésének vége lesz. Igyekeztem nem kimutatni, mennyire nyűgös vagyok, de nem kérhettem, hogy mindent alkalommal rohanjon hozzám. Végre letelt az edzés ideje, amit viszont nem bántam, mert kezdtem elég elviselhetetlen lenni még a magam számára is.

– Minden oké? – kérdezte Marcus, aki szerencsére semmit nem vett észre rajtam.

– Persze, csak szeretnék lepihenni.

Alig félóra múlva már a szobámban voltam. Ő hazament, de elterveztük, hogy később együtt tanulunk. Próbáltam valamit enni, mivel már napok óta semmi nem ment le a torkomon. Mire Marcus átjött, már hasra vágva az ágyamban voltam.

Látta rajtam, hogy kínlódom, ezért megpróbált segíteni.

- Bekenem, húzd le a pólód! Kissé vörös... fáj, ha hozzáérek?

- Nem vészes, csak kend nyugodtan.

- Ha szeretnél aludni, itt maradok és vigyázok rád. Ha rosz-szul érzed, magad csak szólj. Nem akartam piskótának tűnni, ezért nem szóltam, és az utolsó kezelésen is túl akartam esni. Megint velem maradt éjszakára. Még ébresztő előtt felkeltem, ki is nyomtam a telefonom, vigyázva Marcusra, fel ne ébresszem. Olyan édesen alszik, hason fekve öleli a párnáját. Barna bőre piszok jól mutatott a fehér ágynemű között, ahol ott felejtettem a tekintetemet és azt vettem észre, hogy fülig ér a mosoly a számon. Még jó, hogy nem feküdt rám az éjszaka, most valahogy nem viseltem volna jól. Elkezdtem készülődni, így nem kell egymásra várnunk. Arra viszont vigyáztam, hogy a szüleim ne hallják meg a mozgolódást. Nem szerettem volna találkozni velük, ezért megvártam, míg üres lett a ház. Lementem a konyhába készítettem mindkettőnknek egy laza kávét – tudom, Marcus szereti így indítani a napot. Felvittem, közben Marcus is felébredt és elindultunk.

A doki befejezte a kezelést és ellátott pár jótanáccsal.

- Örültem a találkozásnak, Daniel! – köszönt el tőlem széles vigyorral a száján.

- Én nem mondhatom ugyanezt. Remélem, soha többé nem látom önt.

Ezen csak hangosan nevetett.

- Minden jót nektek, srácok!

Alig vártuk, hogy elhagyjuk az épületet. A suliba sem siettünk vissza, inkább elmentünk kajálni és úgy döntöttünk, most nem leszünk mintadiákok, ez a mi egyszerű lázadásunk. Mivel volt igazolásunk, csak kószáltunk a városban. Beültünk egy moziba – mindegy volt, mit játszanak, de nem volt kedvünk senkihez és semmihez. A vége az lett, hogy nem mentünk be. Marcus felhívta az osztályfőnököt és azt mondta, hogy nem vagyok túl jól, ami igaz is volt. Az ágyamra vágytam, egy kiadós alvásra.

Mozi után hazamentünk, és mindketten visszabújtunk aludni.

Arra ébredtem, hogy lángol a testem. Elmentem letusolni, talán jobb lesz. Valamit enyhült a fájdalom, de nem múlt el. Nagyon rosszul éreztem magam, mégsem akartam Marcust felkelteni. Folyton ő az, aki figyel rám. Visszabújtam mellé, közelebb húzódtam hozzá. Érezni akartam, hogy nem vagyok egyedül. Sötét volt már, mikor felébredtünk. Marcust keresték a szülei, ezért hazament aludni. Szerettem volna, ha marad, de nem akartam önző lenni, úgyis kaptunk letolást a lógás miatt. A másnapi sulit sem úsztuk meg. Visszafeküdtem, és vártam a megváltást. Az éjjel borzalmas volt, tele fájdalommal és kínlódással, de a büszkeségem miatt nem kértem segítséget a szüleimtől. Reggel alig tudtam kimászni az ágyból, de nem jutottam messzire. Az ágy mellett összeestem.

6. fejezet

Marcus

Mióta dudálok, semmi. Felhívom, de nem veszi fel. Áhhh... ez a kölyök megint elaludt! Bementem a házba, felszaladtam az emeletre, de a szobába benyitva nem láttam. *Talán a fürdőszobában van és trónol*, kuncogtam magamban, de ahogy az ágy mellé léptem, megláttam a padlón elterülve. Mellé térdeltem, a fejét megemelve éreztem, hogy magas láza van. Azonnal hívtam a mentőt, majd felhívtam az apámat, aki már bent volt a klinikán. Mikor kiérkeztek a mentők, Daniel még nem tért magához. Bementem vele a kórházba, apa már várt ránk. A vizsgálat során kiderült, hogy valamiféle fertőzést kapott. A háta tűzvörös volt.

– Nagyon rossz állapotban van – közölte velem apám.

– Külön szobába vitték, infúziót kap, de le kell vinnünk a lázát, mert addig semmire nem fog reagálni. Ha rosszul viseli a szervezete, minden balul sül el. Azonnal hívtam Nick bácsit, elmondtam, mi történt. A hangja elcsuklott a telefonban. Nem telt bele félóra, mindketten a kórházba értek. Folyamatosan az ajtót figyeltem, mikor jön ki apám és mond valami biztatót. A szülők teljesen összetörtek: magukat hibáztatták, ami rám is igaz volt. Egy óra is eltelt, mire apám kijött, de az arcán aggódás ült. Semmi jót nem mondott, csak hogy idő kell, míg Daniel szervezete reagál. Nem mehettünk be hozzá, pedig nagyon szerettem volna látni. A könnyeimmel küzdöttem, amit apa látott rajtam, és magához ölelt.

– Annyira sajnálom, fiam.

– Én is sajnálom, hogy nem vigyáztam rá jobban!

A mellkasába fúrtam a fejem.

– Nem tehetsz róla, ne okold magad!

Apám kissé kifakadt, és hát elmondta a véleményét a barátaik hozzáállásáról.

– Többet ártottatok, mint a tetoválás. Attól nem lépett fel semmilyen fertőzés, most meg csak küzd a szervezete. Nem lesz gyors lefolyású, több napba fog telni, mire rendbe jön, és hát imádkozzunk, hogy ne lépjen fel szövődmény.

Megkértem a szüleimet, hogy pár napig ne kelljen suliba mennem, úgysem tudnék most figyelni. Minden gondolatom Dan körül forgott. Már egy hét eltelt, de még nem sok változás történt. A láza lement, de pár óra múlva újra magas volt. Nem tért magához. Mindennap bent voltam nála, és már a szobába is bemehettem. A szülők felváltva jöttek-mentek, váltották egymást. Nagyon megtörtek abban a pár napban, és még nem volt vége. Nick bácsi minden este vele volt a szobában, és figyelte minden egyes levegővételét. Már a második hét fele is eltelt, mikor kifakadtam.

– Azt mondta, szeretitek őt annyira, hogy nem lesz baj, és most tessék. A döntésetek miatt csak szenved, akár bele is halhat.

Kitört belőlem a sírás. Apa magához ölelt és kérte, ne mondjak ilyet. Ebbe nem szólhatok bele.

Nicolas

A fiam ágyánál ültem, Marcus szavai csengtek a fülemben. Rossz volt látni ilyen állapotban. Szerettem volna átvenni minden fájdalmát, de csak sajnálni tudtam, hogy rossz döntést hoztunk és ezzel az életét kockáztattuk. *Az sem érdekel, ha nem bocsát meg, csak ébredjen fel,* suttogtam magamban, miközben simogattam szőke fürtjeit. Késő éjjel volt már, csak én voltam vele. Nem tudtam aludni, csak nézegettem az ablakon, mikor meghallottam a hangját. Hozzá siettem, még kába volt, szemeit épphogy résnyire nyitotta. Nem szóltam, hogy magához tért, mert szemei újra lecsukódtak. Mögé bújtam, magamhoz öleltem, fejét a mellkasomra hajtottam. Csókoltam, simogattam, hálát adva az istennek, s fiammal a karjaimban aludtam el. Nem is tudom, mennyi lehetett az idő, Lucas ébresztett fel, szerette volna megvizsgálni Dant.

– Magához tért igaz? – kérdezte tőlem.

– Igen, még az éjjel, de nem éreztem szükségét szólni.

– Menj, szedd rendbe magad, Julia küldött tiszta holmit. A szobámban le tudsz zuhanyozni, addig megvizsgálom.

Igyekeztem gyorsan összekapni magam, és felhívtam a páromat a jóhírrel. Daniel többször visszaaludt, még nagyon gyenge volt, de már tudtuk, jobban lesz. Közel négy hét kórházi kezelés után hazaengedték.

7. fejezet

Újra itthon voltam, de nem vágytam a suliba. Már mindenki tudta, mi történt velem, és ezek után még jobban középpontba kerültem. Nem akartam, hogy ujjal mutogassanak rám. A szüleim is megváltoztak: mindig keresték, mivel tudnának kiengesztelni, de engem ez már nem érdekelt. Visszahúzódtam előlük, nem kerestem a társaságukat. Lehet, hogy szavakkal megbocsátottam, de a lelkem mélyén még mindig nagyon fáj a bennük való csalódás. Be akarták pótolni a szülinapom, de nem akartam kínos hármasban ünnepelni. Jogosítványt kértem, úgyhogy elkezdtem egy tanfolyamot. Eltelt a hét, újra mehettem suliba, és persze igazam lett. Mindenki összesúgott a hátam mögött, és minden voltam, csak épelméjű nem. Szerencsétlen lúzer, selejtes, és még hasonló kedves szavakkal illetek. Igyekeztem elrejtőzni a szünetekben még Marcus elől is. Nem voltam már ugyanaz az ember. Még jobban meghúztam magam, mint eddig, és ez őt nagyon bántotta, de nem erőltette a dolgokat. Mivel kötelező volt a testnevelés a suliban, amit nálam kiváltott a tánc, keresnem kellett valami mást, de nem igazán fűlött hozzá a fogam. Öszsze kellett szednem magam: sokat fogytam a kórházban, és a kondim sem volt a régi. Egyik nap a szüleimet felhívta az osztályfőnököm, hogy járnom kell a sulin belül sportra, ha nem akarok megbukni testnevelésből, ők pedig arra jutottak, hogy mivel Marcus kosarazik, nekem is azt kellene tennem. Na, akkor aztán kifakadtam. Marcus tudja, hogy érzek a csapat iránt, és a legtöbb seggfej pont, hogy ott van.

– Meg akartok ölni! – kiabáltam, mint valami őrült. – Ha el akartok tenni láb alól, miért nem hagytatok a kórházban meghalni?

Felrohantam a szobámba, bezártam az ajtót, még Marcusra sem voltam kíváncsi aznap. Bedugtam a fülesemet és zenét hallgattam. Ha dörömböltek is az ajtón, nem hallottam. Láttam, Marcus többször hívott, de nem vettem fel. Nem tudom, miért, de reggel korán elmentem a suliba, egyedül. Tudtam, ott találkozni fogok Marcusszal, de nem akartam, hogy egy lúzerrel mutatkozzon mindennap. Untam, hogy mindig meg kell mentenie, mindig én vagyok a szerencsétlen. Mikor beért, csak kérdőn nézett rám a nagy, kék szemeivel. Nem értette, mi történik, de a pillantásából tudtam, nem haragszik rám. Szinte nem is beszéltünk egymással a suliban. Egész jól telt az edzés, nem történt semmi, amivel bántottak volna. Tudtam, hogy neki köszönhetem. Annyit kérdezett, hogy szeretnék-e vele hazamenni.

– Megoldom, köszönöm – mondtam. – Majd busszal hazamegyek.

– Miért csinálod, miért büntetsz? Úgy érzem, nem tettem semmi rosszat!

– Sajnálom, de itt az ideje magaddal is törődni. Megleszek, nem lesz baj.

De mikor a buszról láttam őt elhajtani a motorján, összeszorult a szívem. Lehet, elveszítettem őt örökre? Délután nem is találkoztunk, nem jött át, ahogy szokott, nem is hívtuk egymást. Mikor a szüleim hazaértek és benéztek hozzám, úgy tettem, mintha már aludnék. Aznap nem is beszéltem velük. Azon a héten minden reggel korán elmentem otthonról. Buszra ültem, és hazafelé ugyanezt tettem. Nem beszéltem senkivel, pedig a szívem majd' kiugrott, mikor megláttam Marcust. Nem is értettem, miért fosztom meg magamat a társaságától, mikor ha csak rám néz, már elszáll minden rossz dolog. Lara sem hiányzott úgy, mint Marcus. A korai kiruccanásaimat nem sokáig nézték jó szemmel odahaza. Egyik reggel a szüleim már vártak rám a nappaliban és kérdőre vontak. Tudni akarták az okát, és annak is, miért nem látták már napok óta Marcust. Nem voltam beszédes kedvemben, nem is érdekelt, mit gondolnak, apa viszont nem engedett belőle és ő vitt suliba, ahol összefutottunk Marcussal. Apa üdvözölte.

– Nick bácsi, Dan! – köszöntött bennünket.

– Rég láttalak. Mi újság veled, miért nem jössz mostanában? – kérdezte apám.

– Ezt inkább Danieltől kérdezd, és most bocsáss meg, de mennem kell órára.

Apámat ez teljesen lesokkolta. Kérdőn nézett rám.

– Mi történt köztetek? – kérdezte tőlem. – Ma szabad vagyok délután, elmehetnénk valahova enni és beszélgetni.

– Sajnálom, de edzésem lesz, most viszont mennem kell órára. Eszem ágában sem volt vele beszélgetni, de az edzésről nem hazudtam: tényleg lesz. A suliban észrevették, hogy nem beszélünk Marcusszal. Már nem voltam védőszárnyak alatt, amit a srácok kihasználtak. Simán átgyalogoltak rajtam tesiórán. Lekönyököltek, felrúgtak, amit Marcus nehezen viselt, de már nem szólt közbe. Kék-zöld foltok tarkítottak szinte mindenhol, de magamnak kerestem a bajt, oldjam meg. Kértem a tanárunkat, hogy csak az órákon szeretnék játszani, de a hétvégén beosztott a csapatba. Nagy mérkőzésre készültek, nem is tudtam, mit nyújthatnék én ott. Mivel szombat délutánra esett, a szülők is eljöttek, bővíteni a szurkolók táborát. Bezzeg most időt szakítottak rá. Megkezdődött, és addig tartalékosként, a padon ülve vártam a lehetőségre. Marcus fáradhatatlanul, nagyon jól játszott – mindig is ügyesen bánt a labdával. Újra előjöttek a gondolataim: milyen jó lenne a labda helyében lennem. Olyan jól bánt vele, hogy szinte megszelídült a keze alatt. Mi van velem, miért vannak ilyen gondolataim? Gyorsan elhessegettem, és a játékra összpontosítottam. Eljött az én időm is, hogy bizonyítsak, ha már itt vagyok. Bármennyire igyekeztem, a csapatom figyelmen kívül hagyott, és csak arra voltam jó, hogy a létszámot növeljem. Hamar kimutatták, hogy nem vagyok közéjük való, ezért mikor egy adott pillanatban megszereztem a labdát, saját csapattársam olyan erővel lökött fel, hogy a jobb lábamra estem, bokámat magam alá gyűrve.

– Áhhh, istenem, segíts, ez nagyon fáj! – ordítottam, ahogy a torkomon kifért. Marcus abban a pillanatban mellettem termett, és próbálta megnézni, mi történt.

– Hagyj békén, ne érj hozzám!

– Fejezd már be ezt a viselkedést, a francba veled! – ordított ő is velem, majd felkapott az ölébe és levitt a pályáról.

Piszkosul fájt a bokám, csak ordítottam tovább, ahogy a számon kifért. Szerencsémre Marcus apja is a lelátón ült, hozzám sietett. Mire a kórházba értünk, a bokám már kétszeresére dagadt. Megröntgenezték, ami kimutatta, hogy nem szakadtak, de meghúzódtak a szalagok. Szorítókötést kaptam, és jegeléssel kellett enyhíteni a duzzanatot. Fájdalomcsillapítót kértem, még ha bele is döglök, de ezt nem tudtam máshogy elviselni. Nem tudom, mikor és hogyan, de másnap ébredtem az ágyamban. A fájdalomcsillapító kiütött egy időre, de azt sem bántam volna, ha fel sem ébredek többé. Mire helyre jöttem az egyikből, már ott volt a másik sérülés. Annyira el voltam már keseredve, hogy nem ettem, nem ittam, nem beszéltem, csak aludtam. Lucas bácsi mindennap benézett, és Marcus is vele jött, de nem beszéltem, csak lehunyt szemmel hallgattam őket.

– Hé, kölyök, nem akarsz már megfürdeni? Bűzlesz – mondta Marcus.

Annyit nyúzott már, míg hangosan ráförmedtem, de fel sem vette tőlem.

– Hagyj békén, húzz a haverjaidhoz!

– Enned kell valamit, lassan csak egy száraz kóró fekszik ebben az ágyban. Dan, kérlek!

Ezt olyan szépen mondta, hogy a tekintetünk találkozott, és aggódást láttam gyönyörű szemeiben.

– Most megyek. Ha hazaértem, benézek hozzád.

Marcus

Elindultam az iskolába, de nagyon feldúlt voltam. Haragudtam Danielre, magamra és a csapatra. Már három nap eltelt a mérkőzésen történtek óta és nem vontam kérdőre az idióta osztálytársunkat, de most, hogy láttam Dant, összeszorult a szívem. Mikor beértem, már fel is húztam magam, mikor megkérdezte, hogy van a kis feszes seggű barátom.

– Ne beszélj róla így, te szemét!

Több sem kellett, erre ugrottam. Ütöttem, ahol és ahogy bírtam. Keményen küzdött, de nem hagytam abba, amíg a tanár úr és a srácok szét nem szedtek bennünket. Én megúsztam száj és szemöldök felrepedéssel meg pár bordazúzódással, de neki betört az orra. Elterültem a padlón, hogy kifújjam magam. Alig kaptam levegőt, de megérte. – Senki nem beszélhet így Danielről – ordítottam a padlón –, értitek? Senki! Egy hétre felfüggesztettek mindkettőnket, de megérte. Még akkor reggel hazaküldtek. Bementem apához a kórházba. Mikor meglátott, nem csodálkozott, nem volt mérges rám. Lekezelte a sérüléseimet és hazaküldött pihenni. Hazaértem, tiszta ideg voltam, de megkönnyebbülést éreztem. Húzott az ágy, kimerített a verekedés. Mikor anya felébresztett, már este volt. Ő sem volt mérges rám, csak aggódott a sérüléseim miatt.

– Gyere vacsorázni, aztán visszabújhatsz – mondta. Az asztalnál elmeséltem, mi történt. Bár az igazgató felhívta őket, de szerettem volna, ha tőlem hallják. Megértették és annyit mondtak, használjam ki jól ezt az egy hetet. Visszabújtam az ágyamba és Danre gondoltam. Egy ideig ágyhoz kötött lesz, én pedig itthon vagyok. Alig vártam, hogy másnap lássam, és elmeséljem, mi történt. Szeretném látni az arcát a történtek hallatán.

8. fejezet

Mielőtt munkába indultam, átugrottam megnézni Danielt. Nick felkísért a szobájába, aggódott érte. Még aludt, de mikor levettem a borogatást a lábáról, felébredt.

– Hogy érzed magad, vannak még fájdalmaid?

– Marcus nem jött veled?

– Még aludt, mikor átjöttem.

– Aludt? Ezt hogy érted? Nem megy suliba?

– Majd ő elmeséli. Biztosan nemsokára átjön, kérlek, ne okozz számára csalódást, neki sem könnyű.

Marcus

Dan már biztosan egyedül van, ezért kimásztam az ágyból. Fájt itt-ott a bordám, de kibírható volt. Letusoltam, a tükörbe nézve láttam, hogy nem festek olyan jól: már előjöttek a kék foltok. Így jobban illek a kölyökhöz – mosolyogtam magamon. Rendbe szedtem magam, felkaptam egy laza szerelést, majd motorral elugrottam a közeli pékségbe, megvenni a kedvenc péksütinket. Szerettem volna meglepni vele. Talán így jobban rá tudom venni, hogy egyen valamit. A motort leparkoltam a házunk udvarán és átsétáltam. Sétáltam... egyenesen rohantam, hogy lássam Dant. Készítettem mindkettőnknek egy kávét a sütik mellé, majd felmentem a szobájába. A beszűrődő fény megvilágította az arcát, még aludt. A reggelinket letettem az éjjeliszekrényre és mellé bújtam, csak bámultam őt. Hogy lehet valaki ennyire tökéletes? – tettem fel magamnak a kérdést. Még ilyen nyúzottan is vonzó. A beszűrődő napsugarak táncot jártak hibátlan arcán. Most ruhát viselt, de tudtam, hogy meztelenül szokott aludni. Hogy honnan tudom? Egyszer elszólta magát úgy, hogy észre sem vette. Mutatóujjammal a levegőben végigsimítottam az arcát. A homlokát, az orrát, az ajkát, ami a legvonzóbbá tette. Apró, telt, de mindig vörös, érzéki ajka volt, mintha az öszszes vér ott gyűlt volna össze. Szerettem volna megérinteni, végig vezetni rajta az ujjaimat, de nem akartam, hogy felriadjon az érintésemre. Nem tudom, meddig nézhettem, mert közben felébredt és találkozott a tekintetünk. Halvány mosoly futott át az arcán.

– Jó reggelt, Csipkerózsika! A reggeli tálalva.

– Jó reggelt! Miért vagy itthon, történt valami?

– Csinálok egy kis fényt, és meglátod.

Felhúztam a rolót, még a függönyt is elhúztam, hogy jobb megvilágításban tündököljek.

– Már mindent értek. Mennyi időre?

– Egy hétre, de hozzáteszem, a másik fél rosszabbul járt. Betörtem az orrát! – Fájdalmasan ugyan, de mindketten nevettünk.

– Köszönöm, hogy újra kiálltál értem, és sajnálom a viselkedésemet.

– Bocsánatkérés elfogadva, és most együnk. Nincs kifogás, éhen halok.

– A kedvenc sütink, jól néz ki. Nagyon fáj? – érintette meg a számat, amire felszisszentem.

– Nem vészes, most legalább összeillenek a foltjaink. Kaja után segítek letusolni és húzunk új ágyneműt, oké?

– Rendben, megteszem, amit tudok.

Amíg Dan letusolt, addig rendbe tettem az ágyát.

– Megszárítom a hajad. Mennyi idő, míg újra mehetsz suliba?

– Mire lejár a felfüggesztésed, én is rendben leszek, csak azt nem tudom, mihez kezdjek ezek után.

– Majd kitaláljuk együtt – mondtam.

Míg szárítottam a haját, a szívem majd' kiugrott a helyéből. Olyan fura érzések kerítettek hatalmukba, amelyeket akkor szoktam érezni, mikor Daniel csak egy karnyújtásnyira van tőlem. Igyekeztem visszafogni magam, hogy ebből ne vegyen észre semmit, de nem igazán sikerült. Meg akartam érinteni. Éreztem az illatát, a bőre puhaságát, melegségét, ami olyan édes illatot árasztott, mint egy porcukorral gazdagon hintett sütemény. A haját pedig egyenesen imádom. Ahogy kósza tincsei tekerednek, belelógva szemébe, testemben fura mozgást indítottak el. Mintha ezer pillangó lenne a gyomromban, olyan érzést. Lassan kisimítottam a szeméből a fürtöket és kikapcsoltam a hajszárítót.

– Rendben vagy. Jó érzés?

– Köszönöm, hogy ilyen jó vagy hozzám. Nem tudom, mihez kezdenék nélküled.

– Tudom, hogy én is számíthatnék rád hasonló helyzetben, de ezt a sok balszerencsét én okoztam, és nem azért vagyok itt, hogy jóvátegyem, hanem azért, mert szeretek veled lenni.

– Hiányoztál, mikor reggelente egyedül mentem, és rossz érzés volt, mikor nem voltál a közelemben. Magammal szúrtam ki, de haragudtam magamra. Nem akartam, hogy egy ilyen lúzerrel lógj.

– Soha nem voltál lúzer, és nem is leszel. Túlleszünk ezen mi ketten!

– A hétvégén lenne a szokásos, éves családi pihenés, emlékszel? A szüleid nem akarnak menni, nem akarnak itthon hagyni egyedül, mondta az apám. Neked nem szóltak erről?

– Már eltelt egy év. Nem említették, de azt hiszem, ezt most mindegy is.

– Én nélküled nem akarok menni. Mit csináljak ott egyedül? Kértem apát, beszéljen a szüleiddel és hadd maradjunk itthon ketten. Vigyázok rád, nem lesz baj.

– Megtennéd? Nagyon boldog lennék, ha belemennének!

– Ma beszél velük, megígérte nekem. Most viszont a kedvemért gyere ki velem a kertbe, kérlek! Olyan sápadt vagy, kell a napfény.

– Rendben, csak segíts lejutnom a lépcsőn.

Óvatosan felállt, én pedig leguggoltam elé. Kezeimmel erősen tartottam combjait, és a hátamra vettem. Ő összekulcsolta a kezeit a nyakam körül, és levittem a kertbe. Olyan könnyűnek tűnt: sokat fogyott az elmúlt két hónapban, de még így is nagyon jól nézett ki. Sok srác a suliban ezért is volt irigy, de Dan tett érte, hogy jól nézzen ki. Lassan letettem a nyugágyba, felpolcoltam a lábát, én pedig beugrottam a medencébe lehűsíteni magam. Volt vagy 40 fok, de mindketten szerettük, hogy ott, ahol élünk, mindig ragyog a nap. Jól telt a délután, sokat beszélgettünk, kipihentük az elmúlt napok megpróbáltatásait. Apa hívott, hogy sikerrel járt a javunkra. Itthon maradhatunk, míg ők négyen elmennek pihenni. Mindenkire ráfér a távolságtartás. Igaz, a bizalom megrendült mindenki részéről, de engedni kell a dacból.

9. fejezet

Végre eljött a péntek reggel, a szüleink útra keltek, keddnél előbb nem jönnek haza. Én átcuccoltam Danielhez. Ő még mindig nehezen mozog, de már ügyeskedik. Végre kettesben lehetünk. Alig vártam az estét, mikor újra mellé bújhatok. Szeretnék neki elmondani valamit, bár félek a reakciójától. Eljött az este, ágyba bújtunk. Daniel becsukta a szemét. Kissé fölé magasodtam, és óvatosan megsimogattam az arcát. Gyönyörű szemeivel rám nézet. Tekintete tiszta volt és békés.

– Szeretnék mondani neked valamit – majd lassan megcsókoltam.

– Igen, ezt nehéz szavakkal kifejezni – mondta, majd viszszacsókolt.

Meglepődtem, de nagyon tetszett.

–Féltem, mit fogsz tenni.

– Már vártam ezt a pillanatot, örülök, hogy megtetted. Én nem tudtam, hogy lépjem meg. Érezni szeretnélek! – mondta, és közelebb húzott.

A szánk összeért, forró volt és puha. Olyan, mint a pillecukor a forrócsoki tetején. Apró ajka édes volt, olyannyira, hogy nem tudtam abbahagyni az ízlelését. Fel akartam falni. Óvatosan megsimogattam az arcát, végigcsókoltam a homlokát, szemét, az orrát. Érezni akartam puha ajkait újra és újra. Daniel viszonozta, és nyelvünk hosszú csókcsatába keveredett. Pólója alá nyúltam, végigsimítottam az oldalát, amitől a teste megfeszült, ajkait hangos nyögések hagyták el. Lassan lehúztam róla a felsőjét és végignyaltam mellkasát ködökétől a nyakáig. Miközben simogattam, a nyakát csókoltam, apró nyomokat hagyva rajta, amitől hangosan felnyögött. Apró sóhajokkal és nyögésekkel adta a tudtomra, mennyire tetszik neki az érintésem. Lehúzta rólam a trikómat, és ujjaival olyan gyengéden érintette mellkasomat, hogy felerősítette bennem a vágyat. A testem összerándult, és többet akartam. Fölé magasodtam és elém tárult izmos, mégis törékeny teste, ami még több szenvedélyt váltott ki belőlem. A fülébe suttogtam:

– Még senki nem volt rám ilyen hatással. Tudod, mennyire kívánlak?

– Mutasd meg, mennyire!

Lassan haladtam a testén, megcsókolva mindenütt. A mellbimbóin elidőztem, annyira érzékeny volt. Fogaimmal aprókat haraptam rajtuk, amitől a teste felemelkedett, és magához nyúlt, tudtomra adva, kér még belőle. Minden apró csókomra, harapásomra hangos nyögéssel válaszolt. A hasa a kockáitól domborodott, nyelvem útra indult rajta, mint valami domborzati térképen. Láttam, alsójában már ágaskodik a férfiassága, ahogy az enyémben is. Óvatosan rásimítottam, amitől a teste megremegett. Hatalmasnak éreztem. Lassan simogatni kezdtem az alsóján keresztül, egyre csak domborodott, ahogy Dan is hangot adott az érzéseinek. Lehúztam róla és elmosolyodtam a látványon: gyönyörű volt, és a mérete tökéletes. Hosszú ideig csak bámultam, és fel sem fogtam, hogy eljutottam idáig. Végignyaltam a teljes hosszán, kissé elidőzve rajta. Daniel ettől hangosabban nyögött. Szenvedélyesen kényeztettem, ügyelve arra, nehogy idő előtt elélvezzen. Ő is szeretett volna örömet okozni, ezért megkért, hogy kényeztethessen, és csodálatos gyönyörben volt részem. Megkérdeztem, szeretné-e, hogy még ma az enyém legyen, s ő igennel válaszolt. Lábai közé térdeltem – vigyázva a sérültre –, és óvatosan szétnyitottam azokat. Izmos combjait végigsimítottam, majd ágyékát apró csókokkal kényeztettem. Kissé megemelve fenekét – ami kemény volt és kerek – alaposan megmarkolásztam mindkét partját, majd rásimítottam a bejáratra, amitől ő összerezzent. Elkezdtem hosszan kényeztetni, majd közben, hogy enyhítsem étvágyát, ajkaira csókoltam. Éreztem, hogy ellazul, és biztosítottam róla: nem akarok fájdalmat okozni neki. Soha nem tennék vele olyat, amit nem szeretne. Rásegítettem, s mikor már úgy éreztem, lassan bevezettem, amitől ő hangosan felnyögött. Ráharaptam puha ajkaira és hagytam, hogy megszokja férfiasságom méretét. Daniel arca kissé eltorzult, ezért apró csókokat adva testére próbáltam enyhíteni azt. Kértem, próbáljon meg ellazulni, szóljon, ha nagyon fáj, de nem tette. Mikor már megszokta, lassan elkezdtem mozogni. Óvatos lökésekkel, majd gyorsítottam, közben férfiasságára markoltam. Szerettem volna, ha egyszerre élvezünk el. Dan hangosan, de annál édesebb hangon élvezett el a kezem között, miközben én benne hagytam férfiasságom forró nedvét. Még kicsit így maradtunk, majd mellé feküdtem. Mindketten hangosan ziháltunk, próbáltuk kiegyenlíteni a levegővételt. Néztem a mellettem fekvő fiú gyönyörű, verejtékező mellkasát, milyen gyorsan emelkedik föl és le. Lassan, de biztosan sikerült lenyugodnunk. Letöröltem Daniel hasát, majd közelebb húztam a mellkasomra. Szőke fürtjeibe túrtam és a fülébe súgtam:

– Finom voltál, kölyök! Nem is tudtam, hogy ekkora kígyót melengettem a keblemen!

Mindketten hangosan nevettünk. Átöleltem, karjaimat magára húzta és megkérdezte:

– Mióta érzel így irántam?

– Egy éve kezdődött, de úgy fél éve vagyok benne biztos, hogy többet érzek irántad, mint barát.

– Egy éve? – kérdezte meglepve hangosan.

– Mikor elkezdtél átalakulni testileg, akkor éreztem azt először, hogy a férfiakhoz vonzódom és meg akarlak érinteni. Mindig gyönyörködtem a látványodban, ahogy gyakoroltál, sokszor elbújtam a teremben, csak hogy lássalak.

– Te titokban figyeltél engem? És az edzések?

– Igen, és ne haragudj, de akkor, ott nagyon boldog voltam, mert csak én láttam az igazi éned. Legszívesebben már akkor a magamévá tettelek volna. Ott a teremben, a sok tükör előtt letéptem volna rólad a ruháidat, és magam alá gyűrtelek volna!

– Ez nagyon tetszik! Akkor te soha nem szeretted a lányokat?

– Nem, Dan, mert akkor, ott tudatosult bennem, hogy szerelmes vagyok beléd, és csakis te érdekeltél.

– Tudod, nem viszonoztam volna, ha nem éreznék hasonlóan irántad, de őszinte leszek veled. Ha nem kezdeményezel, én nem mertem volna soha, mivel a lányok is érdekelnek. Most neked köszönhetem, hogy tudom, ki is vagyok igazán: biszex vagyok, de hozzád jobban vonzódom.

– Most már tudom, és nagyon féltékeny voltam, mikor Larával randiztál.

– Nem kell aggódnod, most, hogy tudom, mit érzel irántam, csak veled szeretnék lenni. Én is éreztem azt, hogy több vagy nekem, mint barát.

– Nagyon féltem, hogy esetleg ellöksz magadtól és undorodsz tőlem, nem tudtam volna elviselni, ezért örülök a lépésemnek. Most már az enyém vagy!

– Mindig a tiéd voltam, Marcus, szeretlek!

Ezekkel a szavakkal aludtunk el egymás karjaiban.

10. fejezet

Reggel, mikor megébredtem, Dan még szorosan mellettem aludt. Óvatosan kibújtam ölelő karjaiból és elmentem rendbe szedni magam. Mikor végeztem, ő még mindig álomországban volt. Visszabújtam mellé és csak néztem, milyen gyönyörű, és hogy mostantól csak az enyém. Lassan ébredezett, és első pillantása rám esett. Fülig ért a szám, mikor megpillantottam ragyogó mosolyát.

– Jó reggelt, szerelmem!

– Jó reggelt, kölyök, az én gyönyörű kölyköm!

– Most mihez kezdünk, hogyan tovább?

– Én már attól boldog vagyok, hogy magam mellett tudlak és csókolhatlak.

Ajkaira tapadtam, ami így reggel még finomabb volt.

– Úgy gondolom, használjuk ki, míg nincsenek itthon az ősök, aztán ráérünk gondolkodni – s újra ajkaira csókoltam. – Olyan finom vagy, a végtelenségig szeretnék veled szeretkezni.

A fürdés hiábavaló volt, mert nem bírtam magammal. Újra meg akartam ízlelni a testét. A kölyöknek sem volt kifogása. Keddig kihasználtuk a nap minden percét, hogy szerethessük egymást.

Kedden délután befutottak az ősök, minden visszaállt a régi kerékvágásba, egy kivétellel: Dan és Marcus már egyek voltak. Letelt az egy hét büntetés Marcusnak, amit nagyon bánt, de legalább szerelme is mehetett már suliba. Igaz, csak mankóval tudott közlekedni, ezért úgy vigyázott rá, mint a szeme világára. Még a motort is lecserélte autóra arra az időre, míg szerelme rendbe jön. Daniel rosszul érezte magát az iskolában; úgy érezte, mindenki róla beszél. Nem tudott úgy teljesíteni, amit megszoktak tőle, és ez nagyon frusztrálttá tette. Szorongott az órákon, pedig tanárai beszéltek vele, tudták, mi mindenen ment keresztül. Egy alkalommal a folyosón, mikor nem volt mellette Marcus, az a fiú, aki sérülését okozta a pályán, kirúgta kezéből a mankót, majd a sérült lábába rúgott. Daniel a fájdalomtól elszédült és a szekrénynek esett. Támadója mellé térdelt, megfogta a nyakát, hüvelykujját végighúzta ajkain, hangosan nevetett, és halkan a fülébe suttogott:

– Egyszer még az enyém leszel.

Ezt sokan látták, de nem mertek segíteni, mert nem akartak belekeveredni. Nagy nehezen összeszedte magát és eljutott a mosdóig, majd a falnak dőlve a fájdalomtól összecsuklott. Az órára nem ment be, ezért Marcus aggódni kezdett. A szemtanúk nem akarták elmondani, mit láttak. Engedélyt kért hát a tanártól, hogy megkeresse szerelmét. Meg is találta percek múlva a mosdó padlóján a sírástól összetört fiút.

Marcus

A szívem kihagyott egy ütemet, mikor megláttam őt. Hozzá siettem, és a karjaimba zártam. Legszívesebben hazavittem volna, de nem tehettem. Elvittem az orvosi szobába, miután szóltam a tanár úrnak az állapotáról. Kérdeztem, mi történt, de nem mondott semmit. Nagy nehezen kiderítettem az összeomlás okát, de nem akartam ártani azzal, hogy megint felfüggesztenek. Dannek ártanék: nem lennék mellette, de nem hagyom annyiban. Az edzést is kihagytam: hazavittem szerelmemet, és mellette maradtam egész délután. Másnap a srácokkal a pályán kérdőre vontam a társunkat, és legtöbben nekem adtak igazat. Mondtam, ha nem hagy fel Daniel zaklatásával, kirúgatom a csapatból és nem kaphat ösztöndíjat. Persze nem hagyta annyiban és fenyegetőzött, de tudom, hogy csak féltékenység áll a háttérben. Hozzá léptem, falnak szorítottam, és a nyakára fogtam. Olyan erővel szorítottam, hogy még mozdulni sem tudott. Közelebb húztam és a fülébe súgtam vigyázva, hogy a többiek ne hallják:

– Tudom, hogy tetszik neked és csak azt akarod tőle, de jól jegyezd meg, amit mondok: ő az enyém, hozzám tartozik, és ha még egyszer akár csak ránézel is, örökre nyomorékká teszlek.

Elengedtem a nyakát és ellöktem magamtól. Láttam rajta a rémület szinte minden árnyalatát. Attól a naptól nem kellett félnünk, hogy bármi történik Daniellel. Lelepleztem a társam titkát: a zaklatások, a rosszalló, mégis vágyakozó pillantásai elárulták a gyűlölet okát, és onnantól visszavett az arcából. A tavaszi szünet alatt a kölyköm lába rendbe jött. Apa megszerezte neki a legjobb gyógytornászt. Látta rajtam, mennyire boldog vagyok, mivel észre sem vettem, hogy folyton Danről beszélek. Ő sejtett valamit. Nem mondta ugyan, de éreztem a támogatását.

11. fejezet

Lassan vége a másodikos évnek, jön a nyári szünet, és mi még mindig rajongva szeretjük egymást. Alig várom, hogy még többet legyek a kölykömmel. Elmehetnénk kettesben valahová! Biztos megengednék a szüleink. Közben Nick bácsit kinevezték állami főügyésznek, aminek alkalmából elegáns partit rendeznek. A családja jelenlétében szeretné ezt ünnepelni, ezért Dannek is képviselni kell a családját, és mennie a partira. Hétvégén lesz az esemény, így a hét a szmoking felderítésével meg még pár kiegészítő beszerzésével telt. Tátott szájjal néztem Danre, mikor megláttam a szmokingjában feszíteni, még a lélegzetem is elállt. Tökéletesen illett rá, mindenhol passzolt. Legszívesebben kivetkőztettem volna belőle, olyan lassan, ahogy csak lehet. Minden darab után végig csókoltam volna a testét, és ki sem engedem az ágyból.

Este limuzin érkezett a házhoz, az ügyészség küldte a megtisztelő alkalomhoz. Marcus segített elkészülni szerelmének és piszkosul féltékeny volt, hogy nem lehet vele, mikor szívdöglesztően fest az az átkozott kölyök. Szeretett volna dicsekedni vele, hogy ő csakis az övé, még ha senki sem tudott is a köztük lévő kapocsról. Mikor még a szobában voltak, lopott, hosszú csókkal búcsúzott szerelmétől és a lelkére kötötte: úgy viselkedjen, hogy ha csak egy pillantást is vet más férfira vagy nőre, haza se jöjjön. Daniel ettől csak még boldogabb volt, mert tudta, Marcus mindennél jobban szereti őt.

Daniel

A parti nagyszabásúnak ígérkezett rengeteg befolyásos emberrel, akik mind ismerték apámat. Szinte mindenki egyformán nézett ki a szmokingban, mint pingvinek az állatkertben.

Kuncogtam magamban, hogy most én is közéjük tartozom. Az egyhangú öltözékek között csak a hölgyvendégek pazar ruhái tündököltek. Anya gyönyörű volt, csodásan festett a sötétkék estélyiben, ami tökéletesen simult karcsú alakjára. A haja fel volt tűzve, ezzel látni engedve szép arcát. Büszke voltam rá, hogy ő az anyám, annak ellenére, hogy a lelkemben még mindig nem tudtam neki megbocsátani. Elkezdődött a tánc, és anya ezt nem hagyhatta ki velem. – Tudom, ígéretet tettél, de te vagy a legjobb partner, akivel táncolni tudok. Tedd meg a kedvemért! – kérte, és nem akartam ennyi ember előtt feltűnést kelteni, így belementem. Rendben, legyen, és táncba vittem.

Nagyon élveztem, és a körülöttünk lévő emberek dicsérő szavai is jólestek. Apa büszke volt, hogy hozzá tartozunk, és a tánc végén megköszönte nekem a támogatásomat annak ellenére, hogy az elmúlt hónapokban nem volt jó apa. Hiányzik a régi kapcsolatunk, mondta. Nekem is hiányzik, de ezt nem mondtam ki hangosan, csak aprót bólintottam a fejemmel. Megtörtént a beiktatás, büszke voltam az apámra, de aggódtam is érte a felhalmozódó felelősség miatt. Megkezdődött az igazi mulatozás, amihez már nem volt kedvem, sem erőm. Kértem, hadd menjek haza lepihenni. Megengedték, és elköszönés után taxit hívtak nekem. Siettem haza a féltékeny tigrisemhez, még mielőtt széttépne, de nem is gondoltam arra, hogy ez az éjszaka tragédiába torkollik.

A taxiból írtam Marcusnak, hogy hamarosan otthon leszek, várjon rám a szobámban. Nagyon boldog volt, hogy nem kellett egyedül lennie az éjszaka hátralévő részében. Ahogy a szobámba értem, Marcus elkezdte tépni rólam a ruhát, mint valami éhes fenevad, csak csókokkal mart meg. Tetszett ez a vad szex, még nem tapasztaltam, de gyakrabban be kellene iktatnunk. Mikor elgyengültünk és elpilledtünk, csengetésre lettem figyelmes. Magamra kaptam a nadrágom, ingem, és lesiettem a bejárathoz. Marcus még félálomból utánam szólt, hova megyek. Az ajtóban két rendőr állt, az autójuk tetején a villogó majd' kivilágította a szememet.

52

– Te vagy Daniel Bailey? – kérdezték.

– Én vagyok – válaszoltam kissé rekedt hangon.

– Nicolas és Julia Bailey fia?

– Igen, ők a szüleim, de mi történt?

– Sajnáljuk, de rossz hírt kell közölnünk. A szüleidnek autóbalesete volt innen úgy egy mérföldre, a nagy elágazásnál. Meg sem várva a rendőrök mondatát, úgy, ahogy voltam, mezítláb elkezdtem rohanni az ismert elágazáshoz, nem sejtve, mi vár ott rám. Alig telt el öt perc, már a helyszínen voltam, és a látvány szörnyű volt.

Marcus

Mi történhetet odalent? Dan nem jött vissza. Magamra kaptam a pólómat és az alsóm, majd lesiettem a bejárathoz, ahol még épp elcsíptem a rendőröket. Elmondták, mi történt, és a döbbenettől mozdulni sem bírtam. Valamit tennem kell – mondogattam magamnak, aztán hirtelen futni kezdtem a házunk felé. Felébresztettem a szüleimet és elmondtam, amit hallottam. Autóba ültünk és a helyszínre siettünk.

Daniel

A limuzin, ami korábban értünk jött, fejtetőn volt, és a lángokat oltották a tűzoltók. Anyám azonnal meghalt, már csak a holttestét vágták ki az autó hátsó üléséről. Apát épp kiemelték, de szörnyű állapotban volt. Mindenhol vérzett, a sok szilánk összevagdosta a testét és az arcát. A rengeteg vértől nem is láttam őt tisztán. Odarohantam és megfogtam a kezét, de csak nyöszörgött. Valaki hátulról elkapta a derekamat és arrébb akart vinni, de olyan erősen fogtam apám kezét, hogy nem bírt velem. Betették velem együtt a mentőautóba és azt mondták, engem is el kell látni, mert mindkét talpamból ömlik a vér. A földön lévő szilánkok összevagdosták, de én ebből nem éreztem semmit.

Marcus

Mikor a helyszínre értünk, Dan már a mentőben volt. Apa szólt, hogy hova vigyék őket, és utánuk mentünk. Nick bácsit betolták a sürgősségire, de szerelmem még mindig szorította a kezét, nem tudták lefejteni róla. Leültették a hordágy mellé, és úgy próbáltak segíteni. Apa azonnal kollégái segítségére sietett, de sajnos már csak a halál beálltát tudta megállapítani. Nagyon nehéz volt ezt kimondania, hisz' a legjobb barátja halt meg a kezei közt. Lehajolt Danhez, akin látta, sokkos állapotban van és az egész teste begörcsölt, azért nem tudták lefejteni az apjáról a kezét. El kellett látni a sebeit, ezért injekciós tű után nyúlt, és felszívott bele valamit. Kérte, menjek közelebb, de féltem, mi fog történni.

– Fogd meg Dant, ne boruljon a földre. Izomlazítót adok neki.

– Rendben – válaszoltam, de még mindig a félelem uralkodott bennem. Mellé ültem és láttam az üres, kitágult pupilláit. Teste merev volt és hideg. Ijesztő volt. Miközben vártuk az izomlazító hatását, apa ellátta a talpait. Úgy 10 perc elteltével Dan teste ellazult, és elengedte az apja kezét. Szorosan öleltem, majd apámmal hordágyra tettük. Betolták egy szobába, rendbe tették. Mellette maradtunk egész éjjel, és csak figyeltük, mikor tér magához. Fel sem fogtam, mi történt, és elkapott a sírás. A szüleim szorosan magukhoz öleltek, miközben kérdezgettem, mi lesz most ezek után. A hamvasztást, mivel szerelmem részéről nem volt hozzátartozó, a szüleim elrendezték. Ez alatt az idő alatt Dan még a kórházban volt, apa felügyelte. Nem értettem, mi ez a sok egymást követő tragédia az életében, de így még jobban mellette akartam lenni. A legnagyobb sokk pedig csak ezután ért mindannyiunkat. A rendőrség, mivel Nick bácsi munkája állami szférához tartozott, nyomozni kezdett, és kiderült, az autót szándékosan robbantották fel. Gyilkosság történt! Ez az egész megdöbbentette az ügyészi irodát. Lefoglalták a laptopját, az összes iratot, amin dolgozott az elmúlt időszakban. Még a házban is jártak, bizonyíték után kutattak. Daniel a temetésig nálunk lábadozott. Kicsit összeszedte magát, de nagyon rossz állapotban volt. Még én sem tudtam rávenni, hogy egyen. Nem is akarok belegondolni, hogy ha akkor éjjel nem jön haza, ő is meghalt volna.

12. fejezet

A temetés napján a házban rengeteg ember volt, alig ismertem valakit. El akartam bújni, nem érdekeltek a részvétnyilvánítások. Felmentem az emeletre, s a szüleim hálójában kötöttem ki. Előjöttek az emlékek, és nem tudtam irányítani a tetteimet. Elkezdtem törni, zúzni mindent, ami a kezembe akadt, és üvöltöttem torkom szakadtából. Miért, miért történt mindez? Már csak annyira emlékszem, hogy négyen, öten is lefogtak, és éles szúrást éreztem a karomon, majd elnyelt a sötétség.

Marcus

Miután Danielt kiütötte a nyugtató, napokig csak ágyban volt. Velem sem beszélt, de megértettem. Szerencsére mikor mellé bújtam, nem lökött el. Kívánta a közelségemet, még szorosabban mellém húzódott. Sírni már nem sírt – talán nem is tudott, elfogytak a könnyei. A nyomozás kiderítette, hogy az utóbbi ügy, amit Nick bácsi képviselt, az lehet a válasz a tragédiára. Minden szál oda vezethető. A nyomozást követően Danielnek meg kellett jelennie a közjegyzőnél, aki apja közeli ismerőse volt és jól ismerte a családot. Mindannyian elkísértük őt, mivel szerettük volna tudni, miért is íródott végrendelet, és miért változtatták meg a szülei az elmúlt hónapban. Az iratban szerepelt, hogy Nick bácsi már érezte a veszélyt, ezért el akarta rejteni a családját szem elől. Ha vele vagy feleségével bármi történik, fiának el kell hagynia az országot és nem térhet vissza az Államokba. A hely, ahova mennie kell, anyja szülőhazája, Magyarország, ahol még egyetlen élő rokona, anyja unokafivére él a családjával. Mikor ez elhangzott, még a levegő is megfagyott a helyiségben. Daniel reakciója ennyi volt:
– Azt aztán nem, nem megyek sehova! – majd a kezem után nyúlt, megragadott, és kiviharzottunk a teremből. A szüleim hi-

56

ába kiabáltak utánunk, meg sem hallottuk. Elrohantuk olyan messzire, amilyen messzire csak lehetett. Mikor már nem maradt erőnk, megálltunk és egymásba kapaszkodva robbant ki belőlünk a düh és a sírás. Azt sem tudtuk, hol vagyunk, de talán nem is volt baj. Nem akartunk visszamenni, hogy elszakítsanak bennünket egymástól. Volt nálunk készpénz – a hitelkártyánkat nem mertük használni. Kivettünk egy motelben szobát, és meghúztuk magunkat. Telefonjainkat kikapcsoltuk, összebújtunk az ágyban, és szótlanul öleltük egymást. A kimerültségtől elaludtunk. Mikor másnap megébredtünk, csodálkoztunk, hogy nem találtak ránk, ezért élveztük egymás társaságát, de ott volt a félsz, hogy bármikor visszavihetnek bennünket. Nem akartunk arról beszélni, hogy mi lesz, ha még is megtörténik, csak ölelni, csókolni akartuk egymást. Két nap, két nyomorult nap, amit így tölthettünk együtt. Megtaláltak és hazavittek. Lucas bácsi és a rendőrség is kerestetett bennünket: aggódtak, hogy valakik előbb találnak ránk.

Daniel

– Nem akarom elfogadni az akaratukat, nem megyek el az országból!

Sírva kértem szerelmem apját, aki szorosan átölelt mindkettőnket és ígérte, megtesz mindent, amit tud. Sajnos bekövetkezett a legrosszabb, amitől mindketten féltünk: el kell hagynom az országot, és nem tehetek ellene semmit. Az apám megbízásából az ügyészség minden ingóságot, vagyont elad, és az új számlámra, az új országomban havi juttatást fogok kapni életem végéig. Nem kell személyiséget cserélnem, de mielőbb el kell hagynom az otthonom. Ez már csak hab volt a torta tetején.

– Mi történik, ha nem teszek eleget a kérésnek? – kérdeztem a hatóságiakat.

– Ez nem kérés. Ez utasítás, és jogerős!

– Nem, ez nem történhet meg, nem megyek idegen országba, idegen emberekhez. Nem vihetnek el az akaratom ellenére.

Nem hagyom itt Marcust! Végre boldog lehetnék a sok rossz ellenére. Kérlek, ne engedjétek, hogy elvigyenek! Sírva borultam a földre előttük, átölelve Lucas bácsi lábát. Marcus rám borulva sírt, és könyörgött, ne tegyék ezt velünk.

– Mennyi ideje van Danielnek, hogy elhagyja az országot? – kérdezte Marcus apja.

– Három napja van, hogy összepakolja a legszükségesebb dolgait, és ki kell vinnünk őt a repülőtérre.

Ezt már nem fogom tudni kibírni. Az összeomlás határán voltam, azt kívántam magamban, bárcsak meghaltam volna velük együtt. Este Marcus mellett feküdtem, de nem tudtam elaludni, vele ellentétben, aki a sírástól kimerülten a mellkasomon pihent. Ahogy néztem békés arcát, csak arra tudtam gondolni, hogy soha többé nem láthatom, és ez megőrjített. Lassan kibújtam a karjaiból és úgy döntöttem, átsurranok az otthonomba, a saját ágyamba. Szerettem volna még utoljára békésen aludni benne. A házat őrizték, de tudtam, hogyan tudok észrevétlen besurranni. A ház meleg volt, nem működött a légkondi, ezért nekivetkőztem, magamon hagytam az alsómat, ha mégis rám találnak. Bebújtam, és a gondolataim a körül jártak, mit értenek *legszükségesebb dolog* alatt. Amire szükségem van, az Marcus, akit itt kell, hogy hagyjak. Az egész eddigi életem éveit hogyan várhatták, hogy csak úgy feladom? Mintha élve eltemetnének. Nem tudom, mikor és hogyan, de elaludtam.

Marcus

Reggel, mikor nyújtózkodás közben nem éreztem magam mellett Danielt, megijedtem. A telefonja az éjjeliszekrényen pihent, de ő sehol sem volt. Felugrottam és keresni kezdtem a fürdőszobában, de semmi. Átnéztem a szüleim hálójába, ott sem volt. Hangosan szólítottam, de nem válaszolt. A szüleim sem látták. Mi történhetett?

– Daniel eltűnt, csak a telefonja van a szobámban.

– Az nem lehet, észrevettük volna! – mondta apa.

– Az egész házban néztem, talán még a kertben, de ott sem találtam.

Megnéztük a telefonját, de semmi utalást nem találtunk, hogy merre lehet. Eszembe jutott, hogy a házukat őrzik, és talán láttak valami mozgolódást, ezért átrohantam és megkérdeztem a biztonságiakat. Nem jártam sikerrel. A házba nem engedtek be – le van zárva, nem tehetik –, és biztosak voltak benne, nincs a házban senki. Már 11 óra is elmúlt, de Daniel nem jelentkezett. Megpróbáltam bejutni a házukba, ahogy régen szoktam, bízva abban, hogy mégis csak ott lesz. Az utam egyenesen a szobájába vezetett, és lám, békésen aludt az ágyában, miközben én halálra aggódtam magam. Megkönnyebbültem, mintha egy kőszikla omlott volna le a mellkasomról. Törökülésben az ágy végébe kuporodtam, és onnan néztem őt. Nem akartam felébreszteni, hagytam, hogy még utoljára kipihenje magát a saját ágyában. Ahogy néztem, a szívem újra egy kősziklává változott. Ekkor megszólalt:

– Meddig akarsz még ott ülni?

Istenem, ez a kölyök tudta, hogy megtalálom. Mellé bújtam, közelebb húzott magához, és így pihentünk még órákig. Mikor megébredtünk, már kora délután volt. Dan felkelt, és a tárolóból három hatalmas bőröndöt kicipelve jelent meg a szobában.

– Segítesz pakolni? – kérdezte tőlem.

– Nem segítek benne, hogy elmenj!

– Akkor csak nézz.

– Honnan tudod, hogy három elég lesz? – néztem rá értetlenül.

– Mivel te nem férsz bele, biztosan elég lesz.

Ahogy ezt kimondta, a könnyeimet kiengedve a nyakába borultam. Éreztem, hogy most ő a domináns kettőnk közül.

– Amit nem tudok elvinni és jó rád, hordd nyugodtan. Legalább a ruháim veled lesznek.

– Hogy tudsz ilyen nyugodt lenni? Már nem akarsz küzdeni?

– Nem vagyok nyugodt, de nem tudom, kivel tudnék küzdeni. Úgy érzed, én ezt akarom? Itt hagyni téged, az otthonomat? Idegen országban, idegen embereknél élni? Marcus, tényleg ezt gondolod rólam?

– Sajnálom, ne haragudj, kérlek, de ha elmész, azt nem élem túl!

Daniel

– Soha nem tudnék rád haragudni! – öleltem át szerelmemet, majd a bőröndök mellé kuporodva elcsendesedtünk. Összepakoltuk, amit úgy éreztem, magammal vinnék. A bőröndöket levittük a földszintre, majd kisétáltunk az ajtón. Az őrök azt sem tudták, hova legyenek dühükben, hogy így kijátszottuk őket. Mi csak összepacsiztunk, és mosolyogva átsétáltunk Marcusékhoz.

– Tudtuk, hogy együtt vagytok, de örülök, hogy visszajöttetek – mondták Marcus szülei, és csak nézték meredten a bőröndöket.

– Összepakoltam, maradt még két napom. Az iskolát el kell még rendeznem – mondtam, és megkértem Marcust, vigyen el elköszönni az osztályfőnökünkhöz. Csak tőle szerettem volna elbúcsúzni. Nem akartam feltűnést, ezért előre odaszóltam neki. Azóta nem voltam a suliban, mióta megtörtént a tragédia, annak pedig már egy hónapja volt. A tanár úr csak csendesen ölelt, és éreztem, a könnyivel küzdött, de pár csepp így is a tarkómon landolt. Megköszönte az eddigi munkám, és hogy ismerhetett. Szavai el-elcsuklottak, miközben beszélt, és ez nagyon meghatott engem is.

– Remélem, azért még találkozunk, Daniel.

Ezzel a mondattal búcsúzott el, majd szekrényemet kiürítve eljöttünk. A nap további részét Marcus szobájában töltöttük. Emlékeket osztottunk meg, amin hol sírtunk, hol nevettünk. Szerette volna, ha az ő dolgaiból is teszek párat a bőröndbe, de ami fontos volt, az illata. Szerettem érezni, ezért a parfümjét is elcsomagoltam. Mindent megértettem, de az, hogy soha többé nem hallom a hangját, felfoghatatlan volt. Nem beszélhetek senkivel innen, mivel a tartózkodási helyemet nem fedhetem fel. Hisz' még én sem tudom, hova is kell mennem. A következő két nap a házban telt. A szülők is otthon maradtak, és mint egy nagy család, élveztük egymás társaságát. Az utolsó éjszakát szerettük volna a szobámban tölteni, ott, ahol nem is olyan rég egymáséi lettünk, ezért átsurrantunk. Az éjjel, amíg erőnk engedte, szeretkeztünk, nyomokat hagyva egymáson emlékként. Soha nem éreztem ennyi vágyat, ennyi kéjt, amit a testünk közvetített. Eljött a reggel, amit a pokolba kívántunk, és megjelentek értem a hatóságok. A gép, ami egy másik életbe visz, délután 18 órakor indult. A készülődés feszültséggel telt: folyton figyeltek, és ez megőrjített. Marcus nem bírta idegekkel és a szobájában várta az indulást, de nem hagytam egyedül, mellette akartam lenni a végsőkig. Elindultunk a reptérre. Egy utolsó pillantást vetettem a házunk felé, és útjára engedtem a könnyeimet. Szerencsénkre az út hosszúnak tűnt, mert úgy éreztük, az idő nekünk dolgozik. Marcus mellettem ült és összekulcsolta a kezünket. Éreztem rajta, mennyire ideges. Megérkeztünk, engem becsekkoltak, feladták a csomagjaimat és megkaptam a beszállókártyám. Nem volt új a repülés, de a várakozás annál feszültebb. Marcus és a szülei mindenhova velem jöhettek, és ez kicsit megnyugtatott. Eljött az idő a beszállásra, de a kezünk nem engedelmeskedett. Nem engedett a szorításból. Marcussal egymásba kapaszkodva tiltakoztunk. Lucas bácsi próbálta őt kiszedni az ölelésünkből, miközben Grace néni engem puszilgatott. Mind a négyen hangosan zokogtunk, de Marcus összecsuklott a fájdalomtól. Apja karjaiban ordított, mint egy kisgyerek, akitől elvették a kedvenc játékát, és a játék én voltam. Hozzá akartam lépni, de a rendőrök elhúztak, és elkezdtek vonszolni a beszállóhoz. Kiabáltam, ahogy a torkomon kifért, Marcust akartam, ő pedig engem. Akkor láttam őt utoljára.

A gépen kaphattam valami nyugtatót, mert csak arra emlékszem, hogy becsatoltak, és megkezdtem közel 6 órás utazásomat az ismeretlenbe.

Lucas

Marcust nagy nehezen összeszedtük a párommal, és a rendőrök hazavittek bennünket. Attól a naptól, hogy Daniel már nem volt részese az életének, Marcus megváltozott. Nem akart enni, tanulni, a kosárlabdáról pedig hallani sem akart. Az órákon csak a padra dőlve bámulta Daniel üresen hagyott székét. Mindennap aggódtunk érte, vajon mire érünk haza. Volt, hogy vele aludtam, vigyáztam rá, mint apa és orvos. Nehezen ugyan, de elkezdett róla mesélni, mit érez. Azt mondta, lenne inkább halott, azt könnyebben elviselné, mint a tudatot, hogy életben van, de nem láthatja, érezheti. Orvosként elbuktunk, mert nem tudtunk rá gyógymódot. Azt hiszem, erre mondják: meghasadt a szíve. Bízom benne, hogy az idő mindent meggyógyít. Addig is mindent megteszünk érte, hogy rendbe jöjjön. Sokat beszélgetünk Danielről, a barátainkról, az együtt töltött időkről.

13. fejezet

A gépen, mikor megébredtem, láttam, figyeltek rám. Takaró volt rajtam, és a fejem alatt párna. Egyszerre odajött hozzám a kísérő hölgy és érdeklődött, hogy érzem magam, és elmondta, még egy óra hátravan az útból. Megköszöntem a kedvességét és nem bántam, hogy még van időm felfogni, mi is történik velem. Szótlanul ültem végig a hátralévő időt, a gépi fejhallgatóra hagyatkozva, mivel a telefonomat elvették, csak ott tudtam zenét hallgatni. Pár dolgot be kell majd szereznem, ha megérkeztem, bár azt sem tudom, ki vár rám a reptéren. Közel éjfélhez leszállt a gép. Nem is gondoltam rá, hogy senki nem fog várni rám ilyen későn itt Budapesten, és tényleg nem. Átvettem a csomagjaimat és kerestem egy zugot, ahol várakoztam – igaz, nem tudtam, mire vagy kire. Elég kényelmetlen volt a hely, de valahogy elaludtam. Mozgolódásra ébredtem, és hogy valaki rázogat.

– Daniel – szólított meg egy magas, negyvenes, jóképű fickó, akiben anyám vonásait fedeztem fel.

– Én vagyok – mondtam még kábán, de tiszta kiejtéssel, amit ő is megjegyzett.

– Ki vagy te, és mennyi az idő? – kérdeztem a férfit.

– Miklós vagyok, a rokonod. Bocs, hogy nem jöttem korábban, de gondoltam, úgysem mész sehova, ráérsz megvárni. Amúgy is volt egy kis dolgom. Reggel kilenc van.

– Semmi gond, aludtam egy jót – válaszoltam, de ez a „nem vagy fontos számomra" hozzáállás nem igazán tetszett.

– Igyekezz, dolgom van, be kell mennem a céghez.

– Rendben, jövök! – Majd egyik bőröndömet felkapta, és „hozd a másik kettőt" utasítással elindult a kijárat felé. Alig tudtam felállni, mindenem elzsibbadt. Igyekeztem nem magamra haragítani a fickót, de több empátiát vártam tőle. Egy nagyobb méretű autóval jött értem, amibe a bőröndöket gyorsan betette, majd elindultunk.

– Hova megyünk? – kérdeztem.

– Nem a fővárosban lakunk, attól 30 kilométerre, Szentendrén. Anyád nem mesélt neked erről, hogy hol élt, mielőtt Amerikába ment?

– Beszélt róla, de az már régen volt, nem emlékszem dolgokra, mivel nekem is új, hogy itt vagyok. Rajtad kívül nincs hozzátartozóm. Nem értem, miért téged választott, ha nem volt kapcsolat köztetek. Talán a távolság miatt. Nem tudom, mennyit tudsz a halálukról... ahogy érzem, nem is érdekel, jól sejtem? – szegeztem neki a kérdést.

– Sajnálom, igazad van, de tényleg nem érdekel, és csak azért vagy itt, mert ezt akarta.

Attól a perctől úgy éreztem, nem lesz felhőtlen a viszonyunk, mivel éreztette, hogy nyűg leszek a nyakán. Az út további része csendben zajlott, igyekeztem a tekintetemet a tájra fordítani. Eléggé hűvös volt az idő, mikor a ház előtt kiszálltam az autóból. Nem voltam melegen öltözve, el is felejtettem, hogy itt él a négy évszak. Május volt, de még hűvös az idő. A ház kívülről elég mutatós volt, de a mi házunkba kétszer is belefért volna. Ezt a megjegyzést megtartottam magamnak, mielőtt megbántottam volna.

– Megmutatom a házat és a szobádat, ami nincs egészen kész, de lakható, aztán vissza kell menem dolgozni.

– Azt mondták, van családod, ők hol vannak most?

– A lányom iskolában van, 13éves, Lucának hívják. A párom Kata, a cégben dolgozik velem.

– Értem, és milyen céged van? – kérdeztem tőle.

– Egy logisztikai cég a belvárosban, de most igyekezz, mert vissza kell mennem!

A ház belül jól elrendezett, három hálószobás, két fürdővel, aminek nagyon örültem, de mikor a „szobámba" nyitottunk, azt mindennek nevezhettem, de szobának nem. A padlón egy matrac hevert, az egyik fal mellett egy szekrény. Ennyiből állt a berendezés. Bepakoltam a bőröndöket, majd megmutatta, merre találom a konyhát.

– A hűtőben találsz kaját, és majd mikor hazajöttünk, vacsorázunk – mondta. – Luca úgy 15 óra körül ér haza, számíts rá, de táncpróbája lesz, ezért megy is tovább. Majd este beszélünk, addig foglald el magad. Mentem, jó szórakozást!

– Mekkora egy bunkó! Jó szórakozást... mihez? – kérdeztem magamtól.

Floridában hajnali négy óra van, még biztosan alszanak. Kissé kómás voltam, fáztam is, ezért a szobának nevezett helyiségbe mentem. A matrac végébe volt készítve ágynemű. Levetettem a cipőmet, majd úgy ruhástól bebújtam, és pecek alatt álomba zuhantam.

Luca

– Nagyon kíváncsi vagyok a rokonomra – mondtam a barátnőimnek a suliban. – Lassan megismerhetem őt. Apa azt mondta, tizenhét éves, szóval csak négy év a korkülönbség, lányok.

– Miért lakik nálatok? – kérdezte az egyik lány.

– Meghaltak a szülei, és mi vagyunk az egyetlen élő rokonai.

– Nagyon szomorú, sajnálom szegényt. Bemutatsz majd bennünket? – kérdezte az egyik barátnő, majd fülig érő mosoly szaladt át az arcán.

– Persze, de most igyekeznem kell haza, mert még táncpróbám lesz. Sziasztok, holnap találkozunk! – köszöntem el a barátnőimtől, majd buszra ültem.

A buszról hazafelé siettem, szinte szaladtam, mert vártam a találkozást, de kopogás után benyitva a szobába elszomorodtam. Békésen aludt a srác. A feje búbját láttam csak, úgy magára húzta a takarót, de szőke, göndör haja kilátszott. Gondolom, az időeltolódás lehetett az oka, ezért óvatosan visszacsuktam az ajtót, és összekapva a dolgaimat elmentem edzésre.

Már mindenki hazaért a családból, de Daniel még mindig aludt, ezért elkezdtek enni – talán majd a mozgolódásra felébred.

– Biztosan nagyon fáradt lehet, és elkeseredett, ha ennyit alszik – mondta Luca. – Talán nem is kíváncsi ránk.

- Hát, ha nem kíváncsi, maradjon a szobájában – mondta
Miklós a már megszokott, kötekedő stílusában.
- Ne mondj ilyet! – kérte a felesége. – Nem könnyű neki, idő
kell, hogy megszokja.
- Jó lesz, ha igyekszik, semmi sincs ingyen – mondta a ház
ura, mire kinyílt a szobaajtó és Daniel sétált ki rajta.
- Igyekezni fogok – mondta, és köszöntötte a családot. A kis
Lucát teljesen elvarázsolta a fiú szépsége, amit tudtára is adott
ott, abban a pillanatban, mikor szeretettel átölelte a fiút.
- Kata vagyok – mutatkozott be Miklós felesége, aki szin-
tén megölelte Danielt, majd részvétét fejezte ki a szülei miatt.
Dannek ez nagyon jólesett, köszönte, és leült enni közéjük. Luca
rengeteg kérdést szegezett a fiúnak, alig győzte megválaszolni
őket, de kedvessége és lelkesedése mosolyra fakasztotta.
- Tudod, tanulok angolul. Ha elakadnék, segítesz benne? –
kérdezte a lány.
- Persze, hogy segítek, csak szólj!
- Beszélsz még valamilyen nyelven? Van hobbid? Mit sze-
retsz csinálni? Az iskolát is be kell fejezned?
Lucából csak dőltek a kérdések.
- Luca, hagyd békén Danielt! Denielnek kell ejteni. Jól mond-
tam a neved? – kérdezett vissza Kata.
- Igen, jól ejtetted, de hívhattok Dannek, csak Danny ne le-
gyen, azt nem szeretem.
- Rendben, megjegyezzük – ígérte meg Kata, majd megsi-
mogatta a fiú vállát.
Magas, vékony testalkatú nő volt hosszú, barna hajjal, barna
szemekkel és szép arccal. Mindig mosolygott, pláne mikor Lu-
cáról beszélt. A szavai tele voltak szeretettel a kislány felé, aki
nagyon hasonlított az anyjára.
- Beszélek még spanyolul, és anya tanított magyarul már
kiskorom óta, ezért jó a kiejtésem.
- Miért a spanyolt választottad? – kérdezte Luca.
- Tudod, a legjobb barátom apukája spanyol származású, és
ő tanított engem is a nyelvre, mikor még kicsik voltunk. Nem
igazán volt választásunk. Szerettem hallgatni, mikor spanyo-

lul pörgött a nyelve. Nagyon temperamentumos volt, és nagyon vicces.

– Hogy hívják a barátodat?

– Marcusnak hívják, de róla most nem szeretnék beszélni.

Itt elcsuklott a hangom, amit Kata észrevett, és Lucát is megkérte, hogy hagyjon most már enni, mert nem könnyű most nekem erről beszélni. Egy halk köszönömöt biccentettem felé.

– Sajnálom – mondta a kislány, és ő is elkezdett enni.

– Ha már mindenki jóllakott, vezesd végig a lakásban Danielt – kérte Kata a lányát. – Mutasd meg a fürdőszobát, amit most már ketten fogtok használni. Segíts elhelyezni a dolgait, és egyezzetek meg, ki kezdi a fürdést. Reggel iskola, időben le kell feküdni. Holnap megbeszéljük Daniel iskolai beíratását. Igaz, lassan nyári szünet, de gondolom, te is szeretnél leérettségizni. Reggel fél hétkor kelünk, és fél nyolckor indulunk el itthonról. Te pihenj csak nyugodtan, délelőtt 10 körül hazaugrom érted, hogy el tudjunk menni intézkedni. Most pedig menjetek fürdeni. Készítek ki neked törölközőt.

Letusoltam, magam elé engedve Lucát, majd keresni kezdtem a bőröndömben valami melegebb ruhát éjszakára. Nem vagyok hozzászokva, hogy az itteni időjárás hidegebb. Találtam egy melegítő szettet, magamra kaptam, és állig betakartam magam. Álmos voltam, pedig szinte egész nap aludtam, de még így is gyorsan becsukódtak a szemeim. Reggel arra ébredtem, hogy hallom, készülődik a család, ezért felkeltem én is, mivel telefon híján elaludtam volna. Szóltam Katának róla, és mondta, hogy azt is intézzük, ha visszajön. Mindhárman elmentek, de előtte Luca megkérdezte, nincs-e kedvem elé jönni a suliba, megmutatná a várost is. Mondtam neki, hogy szerintem eltévednék, de majd megbeszélem az anyjával, és ettől megnyugodott. Szép napot kívántam nekik, mire Miklós csak dörmögött valamit az orra alatt. Éhes lettem, ezért kerestem valami kaját a konyhában, s igyekeztem nem felfordulást hagyni magam után. Lassan készülődni kezdtem, hogy Katának ne kelljen rám várnia. Nem sok meleg ruhám volt, ezért próbáltam rétegesre venni a stílusom és vártam, hogy értem jöjjenek. Pontosan érkezett haza, és mivel kész voltam, már mehettünk is a dolgunkra. Először a bankba mentünk, ahova az ügyészség intézte a havi juttatást nekem, és a családnak az ellátásomért cserébe. Erre is gondoltak... és vajon még mi mindenre? Ezen gondolkodtam, mikor a bankból kijöttünk. Mikor intézték mindezt? Apa tudta már jóval korábban, hogy veszélyben vagyunk. A gondolataim csak úgy pörögtek, és eszembe juttatták Miklós szavait – „semmi sincs ingyen" –, amit nem igazán értettem, mivel elég magas összeget kaptak utánam minden hónapban. Elmentünk a középiskolába, ami nem messze volt Luca sulijától. Délre kaptunk időpontot az igazgatótól, Kata csak annyit közölt, honnan érkeztem, hogy árva maradtam, és ők a rokonaim. Az igazgató már megkapta rólam Miamiból az iratokat, amelyeken észrevettem a volt osztályfőnököm aláírását. Kicsit megrendültem, amit észrevettek rajtam, és Kata megszorította a kezem. Az igazgató mély együttérzését fejezte ki a szüleim elvesztése miatt, majd elmondta, hogy jövő héten várni fog, addig használjam ki ezt a négy napot otthon, mivel holnap már csütörtök. Intéztünk még telefont, de azt én akartam fizetni, mert ami tetszett, az drága volt. Kata be is ütötte mindhármuk telefonszámát a biztonság kedvéért. Szerettem volna még kabátot, ezért azt a javaslatot tette, hogy ír Lucának egy üzenetet, hogy én várni fogom a sulija előtt és majd együtt hazamegyünk, addig pedig vásárolhatok, amíg vége nem lesz a tanításnak, ami úgy még másfél óra. Mutatott pár helyet a közelben, majd figyelmeztetve, hogy el ne keveredjek messzire, magamra hagyott. Tetszett a belváros, de nekem akkor is szokatlan volt. Hiányoztak az égig érő felhőkarcolók, csillogó üvegépületek, a nagy bevásárlóközpont, és még jobban hiányzott a tengerpart. Ha csak rágondoltam, a szívem összeszorult, és testemet átjárta a fájdalom. Nem bámészkodtam sokat, bejártam a ruhaboltokat, amelyeket a közelben találtam. Elég menő darabok voltak némelyikben. Bár az árakkal nem voltam tisztában, de vettem kettő kabátot, amiből az egyiket magamra is vettem, meg még pár melegebb felsőt, és hogy az időt elüssem, beültem az iskola közelében egy kávézóba. Míg iszogattam, beállítottam a telefont és lassan elindultam Luca elé a sulihoz. Meglepődtem, mikor a kislányt megláttam hatalmas lánykoszorú körében, és szinte lerohantak, mikor megláttak. Mindannyian szinte egyszerre köszöntöttek, és mikor Luca átölelt, hangosan sóhajtoztak, mennyire szerencsés, hogy egy ilyen jóképű fiú a rokona. Teljesen elpirultam, mikor meghallottam a sok bókot. Bemutatkoztam, majd elköszöntünk és hazaindultunk busszal.

Hétfőn már egyedül mentem a suliba, ahol bemutattak az osztálynak. Mivel alig egy hónap volt hátra a nyári szünetig, én meghúztam magam és próbáltam életben maradni. A padtársam jó fej srác volt és kedves. Ádámnak hívták és segített eligazodnom a városban, ahol edzőtermet kerestem. Elvitt oda, ahova ő is rendszeresen járt. Nem akartam közel kerülni senkihez, mielőtt még jobban megsérülök, ezért csak emiatt kerestem a társaságát. Lassan belejöttem a helyi közlekedésbe és több időt töltöttem az edzőteremben, mint az otthonomnak nem nevezhető házban. Ha Kata otthon volt, én is szívesebben maradtam, de Miklós jelenléte felzaklatott. Lucának sokat segítettem a leckében, pláne az angolban, amiből annyira jó lett, hogy sorozatban hozta a jó jegyeket. Elárultam neki, hogy tudok táncolni, és ha kell gyakorolni, leszek a partnere. A kislány jelenléte oldotta bennem az állandó stresszt.

14. fejezet

Vége lett az iskolának és Miklós úgy döntött, be kellene segítenem az irodában, ha már a kondizáson kívül nincs más dolgom. Mivel a számítógéphez elég jól értek, még tetszett is a dolog, és reménykedtem, hogy talán a kapcsolatunk is javulni fog. A nyári szünettel eljött a jó idő is, és beszereztem lazább, de mégis elegánsabb ruhákat, ha már irodába fogok járni. Ádám segített beszerezni a holmikat, közben szabadidőnkben együtt edzettünk. Úgy éreztem, újra topon vagyok, mikor felhozta, milyen jól nézek ki a választott ruhákban, már csak a hajammal kellene kezdeni valamit.

– A hajamat nem, nem adom – mondtam. – Mindent, csak azt ne – ellenkeztem vele, mivel eszembe juttatta Marcust, aki mindennél jobban szerette szőke fürtjeimet. Sokszor ő szárította meg, mikor vizes volt. Teljesen elment a kedvem attól a pillanattól, és a nap hátralévő részében elbújtam a szobámban. Megrohantak az emlékek és a párnámba fúrtam a fejem, hogy senki ne hallja a sírásomat. Eltelt a hétvége, és hétfőn reggel elvittek magukkal dolgozni. Igyekeztem a legjobb formám hozni, ezért az új ruhák erőt adtak a kezdethez, majd fújtam magamra Marcus parfümjéből. Ez a döntés magabiztosságot adott, ettől úgy éreztem, Marcus mellettem van. A házból kilépve Katát és Lucát teljesen elbűvölte a megjelenésem, és egész úton dicsérgettek. Miklóst ez persze zavarta, és megjegyezte, nem divatbemutatóra megyünk, de az udvarhölgyeim nem hagyták annyiban. Lucát kitettük az egyik barátnőjénél és elhajtottunk a munkahelyre, amire már nagyon kíváncsi voltam. Egy irodaépület második emeletén volt a cég, plusz 10-15 ember, és a sofőrszemélyzet, akik a szállítást végezték. Talán 30 emberrel működtek, a fiatalabbtól az idősebb korosztályig. Bemutattak a dolgozóknak és mindenki részvétét fejezte ki, és megjegyezték, milyen helyes srác a főnök rokona. Ahogy láttam, ez Miklóst nem hatotta meg. Nem is vártam tőle mást. Kaptam egy számítógépet, és adatok bevitele lett a feladatom. Mindig volt valami plusz munkám közben, még kávét főzni is meg tanultam, amit nem bántam, mert olyankor mindig egyedül lehettem. Az ebédszüneteket kihasználtam, és hogy ott is egyedül lehessek, a cégen kívül kerestem lehetőséget az étkezésre. Néha Ádámmal ebédeltem – nem akartam megbántani a folyamatos elutasításommal, de munka után a konditeremben úgyis találkoztunk. Muszáj volt a sok ülő munkát mozgással levezetnem, és hát a szaunát sem vetettem meg. A konditeremben megismerkedtem pár emberrel, és jó éreztem magam. Mindenkivel megtaláltam a hangot, és úgy éreztem, befogadtak. A cégnél dolgozott egy lány, aki nálam csak őt évvel volt idősebb, Annának hívták, és egyetem mellett vállalt munkát. Elég jól összebarátkoztunk, és sokszor hármasban ebédeltünk a szünetünkben. Ádám ugratott, hogy biztos tetszik nekem Anna, és tényleg szép lány volt. Barna bőre emlékeztetett arra a bizonyos személyre, aki mindig fontos lesz nekem.

Lassan eltelt a nyár, megkezdődött az iskola. Nekem annyival volt könnyebb, mint az osztálytársaimnak, hogy a humán tárgyakat elhagyhattam, a reál tárgyakból pedig úgyis jó vagyok, és hát az angol nyelvet, ami az anyanyelvem, a tanár nem is firtatta. A testnevelésórán voltam bajban, mivel itt is ezerrel nyomták a kosárlabdát, és hát az soha nem volt a kedvenc sportom. Megbeszéltem a tanár úrral, elmondtam neki a sérülésem, és hogy szívesen bokszolnék helyette, s mivel a tornateremben volt rá lehetőség, beleegyezett. Az alap gyakorlatokkal nem volt gondom, de a kosárlabda mély nyomokat hagyott bennem. Az iskolában működött még zeneszakkör, és jól fel volt szerelve hangszerekkel. A szívem majdnem megszakadt, akárhányszor elmentem a terem előtt, és hallottam játszani a srácokat. Nem mondtam senkinek, hogy tudok hangszeren játszani, és a tánc volt a mindenem, mielőtt itt kötöttem ki. Edzés után a szaunában sokszor gondolkodtam azon, mit kezdjek az életemmel. Mi szeretnék lenni, ha már erre kényszerített az élet. Fejemet nekidöntöttem a falnak, szememet becsuktam, és lepörgött előttem a még otthon töltött idő. Amikor még voltak terveim, céljaim, de most, mikor újra elkezdhetném, és nem szólna bele senki, nem tudok vele mit kezdeni. Úgy gondolták a szüleim, hogy ha ide száműznek, vidám leszek és boldog? Vagy tudták, itt azt csinálhatok, amit szeretek, mert ők már nem tudnak beleszólni? Egyszerűen nem tudtam, mihez kezdjek. Lassan választanom kellett, merre megyek tovább. A lehetőségekkel viszont nem voltam tisztában – lassan már a képességeimmel sem.

Még soha nem jártam koncerten, és szórakozóhelyen sem, ezért a srácok az osztályból elhívtak, és kiderült, mennyire jól táncolok, mert a testem nem tudott nyugton maradni a zene hallatán. Vonzottam a lányokat, és ennek a srácok nagyon örültek. Élveztem, és az járt a fejemben, hogy újra el akarom kezdeni. A szórakozóhelyen voltak kihelyezve dobok, amivel kísérhetted a zenét, persze ha érezted a ritmust. Én nagyon éreztem minden porcikámban. Volt már bennem annyi alkohol, ami eddig sosem, mivel még nem ittam szeszt, megpróbáltam. Egész jól nyomhattam, mert azt vettem észre, hogy körbeállnak, és az épp szünetet tartó zenekar egykét tagja is köztük van. Felfigyeltek rám és félrehívtak beszélgetni, a srácoknak pedig fizettek pár pohár italt. Annyira élveztem a zenélést, hogy észre sem vettem, felfedtem magamat.

– Szevasz, láttuk, mennyire kézre áll a dobverő – mondta a zenekar vezetője, miután bemutatkoztak. – Hogy hívnak? Játszol valamilyen hangszeren, hogy ennyire jó vagy benne? – kérdezte tőlem.

– Daniel vagyok, és igen, tudok dobolni, játszom zongorán, és gitározom is.

Ahogy ezt kimondtam, az osztálytársaimnak majd' leesett az álluk a meglepetéstől. A tagok is elcsodálkoztak, és mindjárt fel is ajánlották, hogy szeretnének kipróbálni, mivel az utóbbi időben a dobosuk nagyon elfoglalt és nem tud velük fellépni. Na, itt az én szám is tátva maradt. Alig tudtam szóhoz jutni, nagyon boldog voltam, hogy ez velem történik.

– Tetszik a zenétek, kedvelem a pop-rock stílust, és a dob az egyik kedvencem.

– Ez csodálatos. Akkor számot cserélünk, és majd megbeszéljük a továbbiakat – mondták. – De feltétlenül beszéld meg a szüleiddel, nem akarunk zűrt.

Zűrt talán Miklós fog csinálni, mivel mindenbe beleszól, pedig én igyekszem. Nem tudom, miért nem kedvel, hisz' még pénzt is kap utánam, és nem kell rám költenie. Van egy nyomorult szobám egy nyomorult matraccal, és még azt sem engedi, hogy vegyek magamnak egy ágyat. Besegítek a háztartásban, és segítek Lucának a tanulásban. Ha későn érek haza, de nem zavarok senkit, az sem tetszik neki, és épp ezért nincs hozzá kedvem, hogy a közelében legyek. Ha otthon vagyok is, az időm nagy részét a matracon kuporogva töltöm, miközben ők legtöbbször hármasban ülnek a TV előtt. Hétvégén a legtöbb időt moziban vagy az edzőteremben ütöttem el. Segítettem a recepciós lányoknak és a takarításban is, így megismertem őket. Nem sokat meséltem magamról, csak a legszükségesebbet. Tudták rólam, hogy honnan jöttem, és szerették hallgatni, amikor a városról, a híres tengerpartjáról meséltem, miközben majdnem belehaltam a honvágyba az igazi otthonom és egy bizonyos személy után.

15. fejezet

Végre péntek volt! Suli után hazamentem, majd vissza az edző-
terembe. Rendesen lestrapáltam magamat, ezért az öltözőben
ledobtam magamról az izzadt edzőruhám, majd alaposan letu-
soltam. Lemostam magamról az izzadságot, megtörölköztem,
majd száraz törölközőt tekerve a derekamra bevetettem magam
a szaunába. Rajtam kívül még ketten voltak, akiket már korá-
ban is láttam. Jó érzés volt lazulni a meleg félhomályban. Nyu-
galmat árasztott és kikapcsolt. Az alacsonyabb padon kezdtem,
hagytam a testemet hozzászokni a hőmérséklethez, majd pár
perc után feljebb ültem a melegebbre. Váltottam pár szót a srá-
cokkal, mikor megkértek, locsoljam meg a követ vízzel, mivel
bennük már alig maradt valami erő. Lemásztam a padról, bele-
merítettem a tálat a dézsába és a kőre locsoltam, közben a be-
szélgetésük elterelte a figyelmem és nem figyeltem eléggé. A gőz
arcon csapott és olyan forróságot éreztem, hogy abban a pilla-
natban elájultam a fájdalomtól.

A két srác, ahogy látták Dant elterülni, azon nyomban ugrot-
tak, hogy segítsenek az ájult fiún. Megragadták a két kezét és
kicipelték a szaunából. Segítségért kiabáltak, amit a recepciós
lányok azonnal meghallottak, és tudták, hogy az edzőteremben
pont azon a napon ott van egy orvos, aki ilyenkor szokott lazí-
tani. Az egyik lány berohant hozzá.

– Ben doki, gyere gyorsan! – kiabálta a lány, majd megragad-
ta, és szinte vonszolta maga után a férfit.

– Mi történt, hova viszel? – kérdezte a doki.

– Egy srác elájult a szaunában, segíts, kérlek!

A lány hangja tele volt félelemmel, és mikor megláttam az
ájult személyt, már értettem a félelmét. A padlón feküdt, az
egyik fiú tartotta a fejét. Az arca és a nyaka vörös volt. Megtö-
röltem az izzadságtól csöpögő arcomat, majd közelebb léptem
hozzá és letérdeltem mellé. Amit először észrevettem, az a fiú

szépsége volt. Mivel a szaunában volt, csak egy törölköző takarta kidolgozott, arányos testét, amin csillogtak az izzadságcseppek. Szőke, göndör haja a szemébe lógott. Kisimítottam belőle, majd megnéztem a pulzusát, ami szapora volt, és az elmondottak alapján belenézve a torkába égési sérülést láttam. Nem volt veszélyes, és az ájulást a hirtelen érzett fájdalom válthatta ki. Megkértem a srácokat, hogy emeljék feljebb a testét, és pár percen belül magához is tért ez az angyal. Hogy miért nevezem angyalnak? Mikor kinyitotta a szemeit és rám tekintett, alig jutottam szóhoz. Fel akart ülni, de rászóltam:

– Óvatosan, kölyök, segíteni szeretnék – mondtam neki, majd azok a gyönyörű kék szemek, amik engem vizslattak és elvarázsoltak, most teljesen megváltoztak. Pupillái kitágultak, szemei meg sem rebbentek, és arcán az a döbbenet megijesztett, de olyan dolog történt a mellkasomban, amit már rég éreztem valaki iránt. Ezt az érzést vágynak hívják.

Daniel

Mikor kinyitottam a szemeimet, alig láttam, de azt igen, hogy egy izzadságtól verejtékező, piszok jóképű férfi térdel előttem. Laza, kócos haja olyan szexivé tette, hogy megdobogtatta az amúgy is szaporán verő szívemet. Markáns álla, vékony, keskeny orra, telt ajkai, barna szemei egy robbanást váltottak ki belőlem. Ha lett volna erőm hozzá, talán közelebb is húzom magamhoz, de mikor kimondta azt a bizonyos varázsszót – *kölyök* –, teljesen lemerevedtem.

Nem tudom, mi váltotta ki belőle a furcsa arckifejezést, de éreztem, meg akarom érinteni, ezért lassan felültettem és kértem egy köntöst, hogy azt a szépséget eltakarjam a többiek elől. Mikor felült, elkezdett köhögni, ami normális volt az adott sérülésnél, de tudtam, mennyire fájdalmas lehet, ezért megkértem a lányokat, készítsenek egy langyos teát, hadd kortyolja el ez az angyal. Persze ezt csak magamban mondtam, mert nem tudtam levenni a tekintetem a fiúról. Felsegítettem rá a köntöst, és alóla levettem a törölközőt. Egy tisztával megtöröltem az arcát és a haját. Aranyos volt, ahogy engedte. Lassan megemeltük a srácokkal, és kerestünk egy kényelmes helyet, ahova le tudott ülni. Kérdeztem, hogy van. Akart válaszolni, de nehezére esett a beszéd. Elmagyaráztam neki és kértem, ne ijedjen meg, ez el fog múlni, mert csak felületes sérülés, bár tudom, mennyire fáj neki. A tea elkészült, és óvatos kortyokban megitta. Volt még időm, ezért vele maradtam és vártam, míg összeszedi magát. Megköszöntem a többiek segítségét, és mehettek a dolgukra. Jó érzés volt kettesben maradni a kis „beteggel", ezért ezt kihasználva megnéztem rajta minden apró részletet. Olyan tökéletes volt, mint egy festmény. Talán nem is igazi. Kezén az ujjai hosszúak és kecsesek voltak. Még a lábfeje is vonzó volt. Soha nem láttam ennyire tökéletes műalkotást. Milyenek lehetnek a szülei, hogy ezt így összehozták? – fordult meg a fejemben, miközben apró, fitos orrát vizslattam, és azok az ajkak! Mélyet sóhajtottam, majd megkértem, csak bólintson arra, amit kérdezek, ne erőltesse a beszédet. Kérdeztem, érez-e még valahol fájdalmat, de csak a torkához nyúlt és mutatta, hol fáj neki. Még a nevét sem tudtam, ezért megkérdeztem a lányokat, mennyire ismerik őt. Elmondták, hogy a neve Daniel, 17éves, gyakran jár hozzájuk, és most nagyon aggódnak érte. Szóval nem magyar a srác, csodálkoztam. Akkor elmondták, hogy ő valójában amerikai állampolgár, jól beszéli a nyelvünket, és most itt él a rokonoknál. Úgy tíz perc után felállt, és halkan ugyan, de elmondta, hogy már menni akar haza, és majd otthon kipiheni magát. Nagyon köszönte a segítséget és elindult az öltözőbe, hogy átöltözőn. Kértem, várjon meg, amíg én elkészülök és segítek, majd hazaviszem. Nem akartam, hogy baja történjen. Az öltözőben igyekezett egyedül készülni. Láttam rajta, hogy zavarban van, mert takargatta magát. A haját engedte megszárítani, láttam, jólesik neki a törődés. A lányoktól megkaptam a lakcímét, lassan elkészültünk és autóba szálltunk. Ismertem a várost, ahol lakik, ezért könnyen oda találtam, addig is az úton bemutatkoztam, mert eddig teljesen elfeledkeztem róla. Mondtam, hogy dr. Benedek

Ákos vagyok, de mindenki csak Ben dokinak hív, és nem is szeretem az Ákos nevet. Mosolygott, mikor ezt mondtam. Halkan megjegyezte, hogy nagyon illik rám a *Ben doki*, ő pedig szereti, ha Dannek szólítják. Mennyire összecseng a két név, kuncogott halkan, és elismételte: Ben és Dan. Nekem is nagyon tetszett, csak mosolyogni tudtam, de azon jobban, mennyire szép volt, mikor ő mosolygott. Mikor megérkeztünk az adott címre, ő kiszállt, de odaszóltam, hogy holnap szombat van, és este 18 órától ügyeletes leszek a fővárosi Péterfy kórházban. Ott dolgozom sebészként. Keressen meg, ha rosszul érezné magát, és megvizsgálom. Adtam pár tanácsot, hogy mire vigyázzon. Elköszöntünk, és nagyon hálás volt a segítségemért.

Daniel

Mikor benyitottam a házba, akkor néztem, nyolc óra is elmúlt már, sokáig elvoltam. Biztos kapok letolást, de megúsztam pár rosszalló pillantással. Nagyon fáradt voltam, a szobámba mentem, átöltöztem és lefeküdtem, de nem tudtam elaludni a fájdalomtól, ami a torkomban lüktetett, és nem tudtam szabadulni a gondolattól, amit a doki jelenléte okozott. Rá, és arra a bizonyos szóra gondoltam, amit eddig csak egy ember használt a megszólításomra. Ő hívott mindig így, és én annyira szerettem. Rá emlékeztetett, és most újra előhozta az emlékeimet. Annyira felzaklatott a gondolat, hogy hangosan sírni kezdtem. A sírás, ami már régóta ott lapult megbújva mélyen bennem, hogy újra felszínre törjön, most utat tört magának és fájdalmat okozott. Fájdalmat a már meglévő testi sebek mellé. Marcus nevét motyogva, érintéseit felelevenítve sírtam magamat álomba.

16. fejezet

Luca

Szombat reggel a szüleimnek említettem, hogy hallottam az éjjel Danielt sírni, és szerintem nem érzi jól magát, mert a sírásán éreztem valamiféle fájdalmat. Mivel még benéztek a céghez kisebb ügyeket intézni, nem akartak ezzel foglalkozni. Én aggódtam érte, ezért addig elfoglaltam magam, vártam, hogy felébredjen, és megtudjam a sírás okát. Talán ki tudom húzni belőle, miért szomorú. Már kétszer is benéztem hozzá, de még mindig aludt. Tíz óra is elmúlt, mikor kilépett a szobájából. A nappaliban ültem, mellém kuporodott. Köszöntött, de alig volt hangja. Ami volt, az is nagyon rekedten és fájdalmasan hangzott. Megkérdeztem, miért sírt az éjjel, mivel hallottam. Talán fáj a torka, beteg lett? Ekkor elmondta a maga kis rekedt hangján, mi történt vele tegnap, és hogy nagyon hiányoztak a szülei. Nagyon megsajnáltam szegényt és készítettem neki teát, ahogy az orvos mondta neki. Enni nem kért semmit; nem tudta volna lenyelni. Talán később, ha kissé enyhül a fájdalom. Láttam rajta, hogy jobban érzi magát, mivel meghallgattam. Összebújtunk a kanapén, és együtt meséket néztünk.

Daniel

Jó érzés volt, hogy Luca megkérdezte, hogy vagyok, és elmondtam neki, szeretném valamivel megköszönni a dokinak a segítséget, ezért együtt kigondolhatnánk, mi lenne az a dolog, ami ezt kifejezhetné. Még ma bevihetném neki a kórházba, mivel mondta, hogy ügyeletes lesz. Nem nagy dologra gondoltam, inkább pár apró, ötletes ajándékra. Az igazság az volt, magát Ben dokit szerettem volna újra látni. Megvártam, míg Luca szülei hazaértek – nem akartam egyedül hagyni, mikor olyan figyelmes volt velem egész délelőtt. Úgy 14 óra körül értek haza, én pedig elmondtam, szeretnék a fővárosba utazni, vásárolni. Megkértem Lucát, ne mondjon semmit a szüleinek, mert már jobban vagyok, pedig nem így volt. Nem volt kifogásuk, hogy elmenjek, talán egyvalaki örült is, hogy nem rontom otthon a levegőt. Kata kérte, szóljak haza, hogy rendben odaértem, el ne keveredjek, és vigyázzak magamra. Megköszöntem, majd rendbe szedtem magamat. Mivel már október vége volt, de még nem volt hideg, kiöltöztem. Szerettem volna, ha nem a csapzott énemre emlékszik a doki, meg ha már ott vagyok, benéznék valami jobb szórakozóhelyre. Magabiztosnak éreztem magam a szerelésemben... talán ő is így gondolja majd. Nem is értettem az érzéseimet, amelyek azóta kavarognak bennem, mióta megláttam lennék, hogy hazudjak az állapotomról, ami nem is lenne nagy hazugság. Délután ötkor indult vonat Budapestre. Felszálltam, és az úton elterveztem, milyen ajándék felelne meg a dokinak, ami kifejezné a hálámat. A fővárosban a Keleti pályaudvaron szálltam le, onnan taxival mentem az adott helyre. Nem mertem gyalog nekiindulni. Az autóból kinézve nagyon tetszett a város. Egyszerre volt régi és modern, ami szépen megfért egymás mellett. A rengeteg híd, ami átszelte a Duna nevű folyót, sokféle stílusú. Talán egyszer közelebbről is megnézhetem, gondoltam. A sofőr elmondta, hogy tizenhárom közúti és két vasúti híd köti össze a két partot Buda és Pest között. A leghíresebb és legrégebbi híd a Széchenyi lánchíd, amit a magyarok köznyelven csak Lánchídnak hívnak, a főváros jelképe.

– Most nem fogod látni – mondta –, mert nem haladunk át a Dunán.

Nagyon sajnáltam. Majd legközelebb, mikor már jobban ismerem a várost, nem fogom kihagyni. Kérdeztem még, hol tudnék ajándékot vásárolni, ami közel van a kórházhoz, és a belvárosban elvitt egy bevásárlóközpontba. Elmagyarázta, hogyan találok el a kórházba, majd elköszönt. Kissé elveszettnek éreztem magam, de miután bementem a plázába, már ismerős dolgok jöttek velem szembe – talán a magyar nyelvű feliratokat kivéve. Nem időztem sokat, minél előbb szerettem volna látni Ben dokit. Találtam „őrangyal" felirattal bögrét, kulcstartót, és láttam kisebb méretű törölközőt. Tetszett a felirat, és ő akkor nekem tényleg az őrangyalom volt. Nagyon mókásnak tűntek, és mivel edzeni jár, biztos használni fogja. Vicces ajándéktasakot kerestem hozzá, fizettem, és elindultam megkeresni a kórházat. Minél közelebb kerültem a célomhoz, annál jobban vert a szívem és ment el a hangom. Úgy tíz perc gyaloglás után az épület bejáratánál álltam, és a szívem, mint egy légkalapács, ezret ütött percenként. Beléptem, és keresésbe kezdtem. Szerencsémre voltak páran a személyzetből, akik útba igazítottak a sebészeti osztály ügyeletére. Megtaláltam a nővérpultot és érdeklődtem Ben doki után, miközben a szívem majd' kiugrott, akárhányszor kimondtam a nevét és megláttam egy fehér köpenyest. Mivel elmúlt már 18 óra és átvette a műszakot, vizitel, mondták, ami eltart akár egy órát is, mire minden beteget körbejár.

Nem is jöhettem volna jobbkor. Mérges lettem magamra. Egy darabig vártam rá, de akkor már az egy órát is meghaladta a várakozásom. Közben mondták a nővérek, hogy beteget hoztak és sürgős eset, nem valószínű, hogy a doktor úr tudna jönni. Több mint kétórás várakozás után úgy döntöttem, feladom. Átadtam a csomagot az egyik nővérnek és megkértem, adja oda a doktor úrnak. Csak annyit mondjon, az edzőtermes srác köszöni. Teljesen letörtem, hogy nem tudtam találkozni a dokival. A bánattól vezérelve keresni kezdtem valamiféle szórakozóhelyet, ahol kitombolhatom magamból a csalódottságot. A telefonomba beütöttem a kerület legjobb helyeit és felkerekedtem. Már csak azon drukkoltam, hogy be is engedjenek a korom miatt. Találtam egy fura nevűt, amit népszerűnek írtak, de előtte enni szerettem volna, mert ma még nem tettem. A közelben beültem egy kisebb étterembe, de csak levest ettem: most nem ment volna le más a torkom miatt. A felszolgálótól érdeklődtem a bulihelyről, és jó véleménnyel volt róla. Megkérdeztem, hogy szerinte be fognak-e engedni, mire azt válaszolta:

– Ha megvárod, míg itt végzek, szívesen beviszlek.

Még volt egy óra a zárásig, pontosan 23 óráig. Nem siettem sehova, a kórházba már nem akartam visszamenni, ezért elfogadtam a srác meghívását. Úgy gondoltam, talán lesz esélyem az edzőteremben összefutni a dokival. Zárás után még elütöttem az időt sétával az utcán, de nem kellett sokat várnom, alig húsz percet. Mikor kijött, bemutatkozott, majd átsétáltunk az utca végébe. Alexnek hívták, és 26 éves volt. Talán egyforma magas lehetett velem, és egészen jóképű srác, aki gyakran járt a szomszédos bulihelyre. Mikor odaértünk, mondta az ajtóban álló biztonságiaknak, hogy vele vagyok, és kezet fogtak. Bent a barátai már várták, hozzájuk csapódtam. A hely hatalmas volt, tele emberekkel, pedig még korai volt az idő. A zene és a fények kezdték feledtetni a bánatom, és mikor táncolni hívtak, teljesen kikapcsoltam. Alex baráti körében fiúk-lányok vegyesen megfordultak. Nem szoktam inni, de most lehúztam pár pohárral – talán a csalódottság miatt. Kissé megszédültem, de nem érdekelt. A srácok is jól nyomták a táncot, jól mozogtak, és engem sem kellett félteni.

Ben doki

Alig múlt este tíz óra, de már elfáradtam. Rengeteg a beteg, és az osztály is tele van. Elindultam, hogy igyak egy jó adag kávét, mikor az egyik nővér szólt, hogy valaki hagyott nekem egy csomagot a nővérpultnál, de nem várta meg, míg visszaérek, elment. Miféle csomag lehet és kitől, gondolkodtam, de senki és semmi nem jutott eszembe, ki is hagyhatta nekem. Az ajándéktáska vicces volt, a benne lévő dolgok nagyon tetszettek, és mikor a nővér mondta, mit üzent az illető, nagyon csalódott lettem. Miért nem üzent, hogy nincs jól és vizsgálatra jött, hogy sürgős beszélnivalónk van, esetleg miért nem várt meg? Még a nővért is megszidtam, miért nem szólt utánam, mert találkozni szerettem volna a beteggel. Szegény elszégyellte magát és nem győzött elnézést kérni, de a fiú nem szólt, hogy sürgős lenne neki, és nem látszott rajta, hogy beteg, mentegetőzött. Annyira jólesett volna látni őt, látni, hogy jól van. Belenézni azokba a gyönyörű kék szemekbe, még a fáradtságom is elmúlt volna. Bocsánatot kértem a nővértől és kicsit körbepuhatolóztam, de igyekeztem nem feltűnő lenni. Látott-e rajta valami nyomot, esetleg nem panaszkodott fájdalomra? Csak annyit mondott – és nekem az elég volt, hogy még jobban bánjam az elmulasztott találkozást –, hogy a fiatalember nagyon jóképű volt, kedves és jólöltözött.

Daniel

Már hajnalodott, mire mindenki elindult haza. Megköszöntem Alex kedvességét, telefonszámot cseréltünk, és hívott nekem taxit. Megígértem, hogy többször fogok jönni a vendéglőbe, mikor ő dolgozik, és együtt bulizunk. A taxi a Keletibe vitt, ahonnan indult a vonatom. Hajnali öt óra volt már, elfáradtam. Alig vártam, hogy hazaérjek, de megérte feljönnöm, ha őt nem is láttam. Igyekeztem halkan közlekedni a házban, nem felkelteni bárkit is. Lezuhanyoztam, felvettem a pizsamámat, majd kidőltem a matracon. Mikor megébredtem, már ebédidő is elmúlt, ezért nem siettem kifele a szobámból, mert úgyis csak letolásra számíthattam. Éhes voltam, de a torkom még nem volt az igazi. Rávettem magam, hogy kimenjek, és meglepetésemre nem volt otthon senki, de az asztalon várt egy cetli: „A tűzhelyen találsz levest, külön neked készítettem. Jó étvágyat hozzá. Barátokhoz mentünk, addig is pihenj. Kata". El sem akartam hinni, hogy ez nekem szól. Örömömben talán még pár könnycsepp is elhagyta a szememet. Ettem a levesből, elpakoltam magam után, majd holnapra összekészültem a suliba. Kata kimosta az edzőcuccomat is, azt is elraktam. Ha szerencsém lesz, valamelyik nap öszszefutok a dokival és személyesen is megköszönhetem a segítségét. Visszabújtam az ágyba, beállítottam a telefonom a reggeli ébresztőre, és a laptopomon filmet néztem.

17. fejezet

Hétfő reggel a suliban már a délutánon járt az eszem. Igyekeztem az edzőterembe, szerencsémre Ádám nem jött velem, mert még a kis balesetemről sem beszéltem neki, hát még a dokiról. A lányok a recepción nagyon örültek nekem, hogy látnak és jól vagyok. A dokit nem láttam sehol, kérdeztem, esetleg jön-e, vagy mely napokon szokott edzeni. Heti két alkalommal biztos szokott jönni, mondták, de kiszámíthatatlan, mivel orvos lévén nagyon elfoglalt. Vettem észre, dörmögtem az orrom alatt, vigyázva, hogy meg ne hallják. Míg edzettem, a szemem folyton a bejáratot vizslatta, de hiába. A várt személy nem jelent meg, és három óra önsanyargatás után hazaigyekeztem. Attól a naptól fogva mindennap voltam az edzőteremben, de a dokival nem találkoztam, és a lányok is mondták, ne várjam, mert orvosi konferenciára ment külföldre.

Eltelt a november, karácsonyra készülődtünk, és nem is gondoltam már a dokira, mivel egy jel lehetett, hogy nem tudtunk találkozni. Megkezdődött a téli szünet a suliban, és eljött az éves, várva várt céges buli is, amelyre engem is meghívtak. Egy jó nevű vendéglőben szokták tartani, és mivel karácsonyi parti, tetőtől talpig díszbe vágtam magam. Öltönyt húztam, a hajamat kifésültem és hátrasimítottam, magamra kaptam a kabátomat és kisiettem az autóhoz. Hatkor kezdődött a vacsora, de a tulajoknak illett előbb odaérni, és fogadni a beosztottakat. Engem beállítottak a bejárathoz „hogy valami hasznod is legyen" címszóval – Miklós már ott megpecsételte az estémet.

Én fogadtam az embereket és osztottam a pincérekkel az üdvözlő italokat. Mindenki nagyon elegáns volt, és én is kaptam jó pár bókot, de Anna gyönyörű volt. Mindenkit felülmúlt a megjelenésével. Térdig érő, ezüstszínű ruha volt rajta. Hosszú haja kontyba volt feltűzve, itt-ott pár tincs keretezte szép arcát. Fekete magassarkú cipője és hozzáillő táskája igazán jól passzolt hozzá. Volt időm megbámulni formás lábait, mikor lesegítettem a kabátját. Mindenki oda ült, ahova szeretett volna, és megkérdeztem Annát, mellé ülhetnék-e. Nem bánta, és jól is éreztük magunkat, amit jó páran meg is jegyeztek. Miklós nem nézte jó szemmel a sok nevetést és megjegyezte, hogy vegyek vissza, mert a kis fekete barátnőmet nem látná szívesen a családban. Nem értettem, mire gondol, ezért nem is foglalkoztam vele. Elkezdődött a zene. Örömmel táncoltam a hölgyekkel, amit jó néven vettek, mert a férfi dolgozók szerények voltak, és nem merték őket felkérni. Katát is megpörgettem párszor, de Annával igazán jól éreztük a ritmust. Onnantól kezdve csak vele táncoltam, és egy alkalommal kézen fogtam, majd magam után húztam, ki a teremből. Találtunk egy félreeső kis zugot, ahol közelebb bújtam hozzá. Megfogtam a derekát, jobb kezemmel végigsimítottam a vállát. Puha volt a bőre, és az érintésemre összerezzent. Rám nézett nagy barna szemeivel, és megfogta a kezemet.

– Nem szabadna ezt csinálnunk! – mondta. – Bajod lehet belőle.

– Miféle bajom lehetne? – kérdeztem, majd közelebb húztam magamhoz és megcsókoltam. Puha ajkai éreztették, hogy ő is akarja, és kér még belőle. Finoman mozgott, bele-beleharapva az ajkaimba. Ettől elöntött a forróság és a nyakát kezdtem csókolni, miközben simogattam a melleit. Éreztem ruháján keresztül, ahogy nekem feszültek, és még több gondoskodást kívántak. Kezem lejjebb csúszott, a szoknyája alá, és a combját kényeztettem. Hangosan belenyögött a csókomba.

– Nagyon kívánlak, de nem szabad! – mondta, miközben mégis elkezdte kigombolni az ingemet és a mellkasomra simított. Keze meleg volt, az érintése még jobban beindította a szívverésem. Teljesen összegabalyodtak a nyelveink, mikor hátulról egy kéz megragadott és a földre lökött. Miklós alakját láttam a félhomályban, aki megragadta Anna kezét és rángatni kezdte.

– Mit képzelsz, te átkozott ribanc? Nem tudod, hol a helyed a sorban? – ordította, miközben Anna állát szorította.

Felugrottam a földről, hogy segítsek, de nekilökött a falnak és a nyakamra szorított.

– Te sem tudtál valaki mással kikezdeni, te is csak nyűg vagy a nyakamon! Pont ez a kis kurva kellett! – ordított, ahogy a száján kifért, és közben olyan erővel szorította a nyakamat, hogy már alig kaptam levegőt. Nem akartam, de mikor a fojtása már elvette az erőm, ágyékon rúgtam, amitől összecsuklott. Megragadtam Anna kezét és kiszaladtunk a nagyterembe, ahol mindenki értetlenül nézett ránk. Anna felkapta a táskáját, kabátját, majd kirohant a helyiségből. Miklós utánam jött, próbált elkapni, de elvettem a kocsikulcsát az asztalról, felkaptam a kabátomat és kirohantam az épületből, hogy megkeressem Annát. Az utca túloldalán pillantottam meg. Kiabáltam, de csak rám nézett, nem várt meg, taxiba szállt. A parkolóba siettem, megkerestem Miklósék autóját, és a taxi után eredtem. Anna egy szálló előtt szállt ki a taxiból, és rohant be az épületbe. Leparkoltam és utána siettem. A szállóba belépve Anna egy idősebb férfi vállán sírt. Mikor hozzá léptem, ellökött magától és a férfi megragadott.

– Mit műveltél a lányommal, te senkiházi? Ugyanolyan vagy, mint az az arcátlan nagybátyád. Kihasználjátok a lányomat, majd megalázzátok.

– Nem tudom, miről beszél, nem használtam ki lányát! Nem akartam megbántani! Anna, kérlek, mondj valamit! – kiabáltam a lány után, aki felszaladt az emeletre. Utána mentem, de a férfi a lépcső tetején megállított. Felszaladt előttem, lökdösött lefele, és csak ordított, milyen szar alak vagyok. Nem akartam bántani, mégiscsak Anna apja, így hagytam, hogy ezt tegye velem, de egyszer csak akkorát lökött rajtam, hogy legurultam a lépcső tetejéről, és jött a filmszakadás.

Egy kanapén tértem magamhoz, és két férfi bámult rám rémült tekintettel. Fel akartam ülni, de a mellkasomban érzett erős fájdalom visszahúzott. Szédültem, fájt a fejem és a bordáim. Annát láttam a háttérben sírni.

– Csak lassan, fiatalember! – szólt az ismeretlen, akiről kiderült, hogy orvos.

– Mi történt? Nem emlékszem semmire.

– Legurultál a lépcsőről. Agyrázkódást kaptál, és elrepedt három bordád – mondta az orvos. – Tettem szorítókötést a bordádra, de pihenned kell, ezért maradj nyugton. Fájdalomcsillapítót adtam még injekcióban. Próbálj meg egyenletesen lélegezni. – Nem akarok maradni, elmegyek! – mondtam, és elkezdtem felülni. Piszkosul szédültem és fájt a mellkasom, de el akartam onnan menni. A fájdalomcsillapító úgyis csak ront a helyzetemen, nem értenék, miért. – Nem engedhetem, hogy elmenj! – kiabáltak ketten is egyszerre, de Anna meg sem szólalt, és ez fájt a legjobban. Nem tettem semmi rosszat, de azt sem mondták el, Miklós mit tett Annával. Felültem, felvettem a kabátomat, akkor láttam, hogy véres az ingem. Megsérült a karom egy helyen, de alig éreztem valamit. Megfogták a karomat, de én kihúztam magam a szorításukból és elindultam kifelé az autóhoz. Akkor láttam Annát utoljára, és nem is sejtettem, hogy a vesztembe rohanok.

18. fejezet

Nagyon nehéz volt beülnöm az autóba. Mindenem fájt, nehezemre esett lélegezni. Elindultam az autóval, pedig nem tudtam, mit akarok, hova mehetnék. Azt sem tudtam, mennyi az idő. Miklósékhoz nem mehetek, biztos kidobna, és az autóját is elloptam. Elhagytam már a várost. Szédültem, alig láttam az utat, és gondolom, az egyenesben tartás sem ment valami túl jól, mert egy rendőrautó lekapcsolt az úton. Megörültem, mikor leállítottak. Segítséget akartam kérni, de minden a visszájára fordult. Kirángattak az autóból, hogy körözés alatt állok, és most már biztos drogoztam is, mert látják rajtam. Meg sem hallgattak, csak bevágtak a kocsijuk hátsó ülésére és bevittek valamelyik rendőrőrsre. Kértem, nézzék meg az irataimat, de nem törődtek vele. Majd reggel rám néznek, addig talán kitisztulok, mondták. Betettek egy cellába, ahol három nagydarab fickó volt összezárva. Alig kaptam levegőt, ezért elterültem az egyik sarokban. Magamra maradtam a három nagydarabbal. Arra tértem magamhoz, hogy hasra fordítottak, és elkezdték lehúzni rólam a nadrágot. Milyen formás darab, mondták. Kértem, hagyjanak, ne érjenek hozzám. Nem tudtam védekezni, le voltam gyengülve. Nem törődtek vele, mennyire könyörögtem, és hogy nem vagyok jól. A hátamra térdeltek és kihasználva gyengeségemet, mindhárman egymás után fájdalmat okoztak. Az erőm elhagyott, nem bírtam tovább és elájultam.

Vasárnap reggel benéztem az őrsre, mert a járőreim üzenetet hagytak, hogy volt az éjszaka egy bejelentés, és meg is találták a körözött autót és annak utasát még az éjjel. Csodálkoztam, mikor a rendőrök a három fickó cellájához vezettek. Láttam a három nagydarab rabot, de hol van a negyedik? Volt ott egy hosszú szövetkabát, amivel valaki le volt takarva, gondoltam, ő lesz az. Megzörgettem a rácsokat. A három fickó felugrott, de a kabát alól nem mozdult a fickó.

- Miért raktátok egybe ezzel a hárommal? – kérdeztem, de csak vigyorogtak.

- Hé, ember, ébresztő! – de semmi reakció.

- Nyissátok ki a cellát! Ti hárman meg forduljatok a falnak, és nem mozdultok! – intettem fegyelemre a rabokat. Bementem, és lerántottam a kabátot az illetőről, és nagyon elcsodálkoztam, hogy egy fiatal fiú feküdt alatta és nem mozdult. A nadrágja félig le volt húzva róla.

- Az éjjel szedtük össze, ellopta az autót, és még be is volt drogozva! – hangoztatta az egyik járőr.

- Nagyon fiatal. Mennyi idős, és miért nem mozdul? – kérdezősködtem folyamatosan. Megtapintottam a pulzusát, ami alig volt kivehető. Észrevettem, hogy a nadrágja véres, és a hasa alól kilóg valamiféle kötszer. Óvatosan megfordítottam, és láttam, véraláfutásos a mellkasa, be van süllyedve, és alig lélegzik. A nadrágjához nyúltam, és friss vért éreztem rajta. Azonnal hívtam a mentőket. Tudtam, hogy bordatörése van, és szúrhatja a tüdejét. De ez nem volt elég, mert a friss vér arra utalt, hogy zaklatták, és itt történt még az éjjel.

- Szemét, mocskos gazemberek! – kiabáltam a raboknak. – Hogy tehetettek ilyet vele? Veletek meg még számolok, lesznek következményei – mondtam a beosztottjaimnak.

Megérkeztek a mentők. Ismertem a mentőorvost, tudta, hova kell szállítani a beteget. Az autóból felhívtam az öcsémet, aki orvos volt a klinikán.

- A srác nagyon rossz állapotban van – mondták a mentősök –, műteni kell.

Jó volt a diagnózisom. Szinte együtt értünk a kórház elé a mentősökkel. Betolták az előtérbe, az öcsém már várt ránk, elénk sietett. Mikor meglátta a fiút, az arca lefagyott.

- Daniel! – kiáltotta. – Mi történt vele?

- Te ismered őt? – kérdeztem tőle.

- Igen, ismerem. Mi történt? Nagyon rosszul néz ki. Látom, bordatörése van, és a karja is megsérült.

- Ben – húztam félre. – Van ennél rosszabb is. Szexuálisan zaklatták a cellában, hárman is.

Mikor ezt kimondtam, az öcsém szemei könnyesek lettek és a fiúra meredtek.

– Toni, még csak tizenhét éves!

– Hogy mondod? Még kiskorú? – Szinte lefagytam a hallottak miatt.

– Majd elmondom, de most azonnal a műtőbe kell vinni.

– Kérlek, Ben, kezeljétek diszkréten a történteket – mondtam az öcsémnek.

Szóltam a nővéreknek, hogy vissza kell mennem az őrsre, Ben hívjon, ha vége a műtétnek. Mielőbb meg akartam nézni, volt-e nála valamilyen irat, és beszélnem kellett a járőrökkel is, mi történt valójában. Mikor beértem, olyan mérges lettem, hogy megragadtam az egyik rendőr gallérját, és magyarázatot követeltem a történtekre. Üvöltöttem velük, ahogy a torkomon kifért.

– Tudtátok, hogy kiskorú a srác? Most nagy bajban vagytok, de én is. Voltak iratai, esetleg a kabátjában? Nem is kereste senki egész éjjel?

Pörögtek a kérdések a fejemben, miközben kerestük, hogyan tudnánk igazolni a fiút. A kabát, amivel a cellában betakarták, előkerült, és belőle az iratok. Kissé megkönnyebbültem, de féltem megnézni az alapján, amit Ben mondott. Amerikai személyije volt, és tényleg tizenhét éves. Alig két hónap múlva lesz tizenhét. Lakcímet nem találtam, de a körözés miatt utánanéztem, ki jelentette. Egy szentendrei címet dobott ki a gép, névegyezést nem láttam. Felhívtam a bejelentő telefonszámát és egy férfi vette fel. Bemutatkoztam, Kelemen Antal vagyok, a budapesti V. kerületi kapitányság vezetője. Közöltem vele, hogy megtaláltuk még az éjjel az autóját, és az elkövetőt is, aki vezette. A férfi kiabált a telefonba, remélve, hogy azt a szemét kis dögöt lecsuktuk, és jó darabig nem szabadul. Kérdeztem, hogy ismeri-e a személyt, mire elmondta, hogy ő a rokona, aki náluk lakik, de egy kis hálátlan ingyenélő, aki visszaélt a jóindulatával. Elmondtam neki, hogy nem tudjuk, mi történt vele, de kórházba kellett szállítani az őrsről, mert nagyon rossz állapotban volt, és azonosítani kellene. Az erőszakról nem beszéltem, mert éreztem a férfin, hogy valami nem stimmel az ügyben. Elmondtam, melyik kórházba vitték, és hogy még ma hívni fogom az azonosítás miatt, miután megműtötték. Nem is vártam meg, míg Ben telefonál, visszasiettem a kórházba. Még tartott a műtét, ezért megkértem a professzort, Ben mentorát, aki mindig nagyon ügyelt az öcsémre, hogy kellene nekem a sráctól drogteszt. Ígérte, hogy miután kihozták a műtőből, venni fognak tőle vért és azonnal kielemzik. Eltelt már egy jó óra is, mire Ben kijött és biztosított róla: a műtét jól sikerült. Közölte velem négyszemközt, hogy a fiút ott lent össze kellett varrnia, mert sérülései keletkeztek az erőszak következtében. Továbbá megkérte a műtétben segédkező kollégáit a tejes diszkrécióra. Nagyon hálás voltam neki, hogy erre is gondolt. Azonnal hívtam a fiú rokonát az azonosítás miatt, közben a drogteszt is készülőben volt.

Ben

Mikor megláttam Dant a hordágyon abban az állapotban, csak azt éreztem, meg akarom ölelni őt és minden fájdalmától megszabadítani, pedig akkor még nem is tudtam, mi mindenen ment keresztül a cellában. Olyan törékeny volt és sérült, de még így is sugárzott belőle a gyönyörűség. Itt szívesen fel is pofoztam volna magamat, hogy miken jár az eszem, miközben tudtam, milyen rossz állapotban van. A műtőben, mikor hozzáértem, csak a gyönyörű arcát láttam, a sebeit fel sem fogtam igazán, pedig tudtam, sietnem kell, hogy a légzése helyreálljon. A tüdeje öszszeesett, ezért kisebb vágást ejtettem a gyönyörű mellkasán, vigyázva, ne maradjon utána nagy heg, és egy vékony csövet helyeztem be a két mellhártya közé, hogy majd le tudjuk szívni a levegőt. Ez pár nap alatt rendbe jön, és eltávolítom a csövet. A legszebb varratot készítettem, amit eddig még talán senkinek, de nagyon megviselt, hogy ott lent nekem kellett összevarrni. Soha nem gondoltam volna, hogy mint beteget kapom a kezeim közé ezt a gyönyörű kölyköt. Danielt a megőrzőbe vitték megfigyelésre, én pedig a testvéremhez siettem, aki már várt rám.

Elkészült a drogteszt eredménye, ami negatív lett, így az embereim nagy bajban lesznek, mivel nem ellenőrizték a fiú állapotát. Viszont Ben megállapította a műtét során, hogy voltak sérülései, amik sokkal korábbra vezethetők vissza. Verhették, vagy még azon az éjszakán történt valami? – tettem fel magamnak a rengeteg megválaszolatlan kérdést. Közben befutott a rokon is, aki mint valami harcijármű rontott a kórházba. Kívülről nem látszott rajta, hogy agresszív ember lenne, csak mikor a srácról beszélt, kívánnivalót hagyott maga után. A megőrzőbe kísértem, és azonosította a rokon fiút. Kértem, mesélje el, mi történt azon a napon, hogy idáig fajultak a dolgok. Elmondtam, hogy Daniel nagyon rossz állapotban került az őrsre és szeretnénk tudni, mitől vannak régebbi sérülései. Elmesélte a céges partin történteket, de hogy mi történt azután, hogy a lány után ment, nem tudta megmondani. Akkor látta utoljára, és most, itt a kórházban. Megadta a beosztottja címét és elérhetőségét, majd mindenféle kérdés nélkül elment. Gondoltam, megkérdezhette volna, mire van szüksége, kell-e a fiúnak tiszta holmi stb. Elképesztő volt ez a pasas, ezért is nem közöltem vele az erőszakot – talán még örömét is lelte volna benne.

19. fejezet

Felhívtam az adott számot, és félóra múlva már a szálló előtt álltam. Egy ötvenes férfi nyitott ajtót, aki behívott az előtérbe. Szép volt az egész hely, és a férfi modora is választékos volt. Tetszett a hozzáállása, a segítőkészsége, bár nehezére esett beszélni a történtekről. Megkértem, hogy beszélhessek a lányával és mondja el, mi is történt a céges összejövetelen. Anna nagyon vonzó lány volt, meg kell hagyni, és a fejemben kezdett összeállni a történet, de vártam, hogy ő mesélje el a történteket. Akármilyen származású is volt, de gyönyörű hölgy, aki áldozat volt a történetben. Nagyon nehezen húztam ki belőle, amit már sejtettem, és amiért Miklós kiakadt a rokon fiúra. Ő nem kaphatta meg Annát. Elmondta, hogyan került Miklósékhoz a fiú, amit ő elfelejtett elmondani. A meglepő az volt, hogy ingyenélőnek hívta, mikor jelentős összeget kapott utána havonta. Mikor ez kiderült, nagyon mérges lettem. Anna apja nagyon sajnálta, hogy a fiú sérüléseit ő okozta. Azt mondta, szeretné feljelenteni Miklóst a lányával történtek miatt, felkeres majd a feljelentés ügyében, de nem szeretné, hogy köze legyen a fiúhoz. A lány erre nem szólt semmit, és nem is akarta meglátogatni őt a kórházban. A szívem összeszorult a hallottaktól, és az, hogy senki nem kíváncsi a sérült fiúra, megdöbbentett. Visszamentem a kórházba, mert szerettem volna tudni, hogy van Daniel. Az öcsém ült az ágya mellett, és láttam rajta, nagyon aggódik érte. Elmondtam neki a történetet és teljesen kiborult. Elmesélte, hogy találkoztak az edzőteremben, és hogy ajándékot is kapott tőle, de az újra találkozást nem így képzelte el. Kértem, nyugodjon meg, fel fogom keresni a rokonát, és következményei lesznek a hozzáállásának. Ben aggódott, hogy Danielnek ezek után nem lesz hova hazamennie. Megkérte a nővéreket, de legfőképp a professzort, hogy nézzen rá Danre, míg ő kiszalad és összeszed pár dolgot, amire szüksége lehet. Én visszamentem az őrsre, utánanézni pár dolognak.

Visszaértem a klinikára, de a professzor le is törte a lelkesedésemet azzal, hogy Daniel belázasodott és rosszak az eredményei. Már kora este volt, és még mindig nem tért magához a kölyköm. Valami nem stimmelt vele. A műtét jól sikerült, a légzése jobb volt, de nem reagált a lázcsillapítóra. Már törölközőket nedvesítettünk, és azzal tekertük be a testét. Minden lehetséges okot átgondoltam, de semmi nem volt, amit elmulasztottam volna. Fertőzés jelét sem mutatta a teste. Fáradt voltam, szombat esti ügyeletesként már haza kellett volna mennem, de úgy nem lennék nyugodt. A tudat, hogy valaki más kezelje Dant... még a gondolatától is megborzongtam. Az éjjel hosszú volt, és félelemmel telt. Tanácstalanok voltunk a professzorral, még ő sem tudta a magas láz okát. Reggel a professzor elköszönt és kérte, menjek én is haza, de nem tettem. Mellette akartam maradni, ha magához térne. Sajnos a hétfő is aggódással telt: nem volt változás. Bevállaltam az éjszakai ügyeletet is, csak hogy mellette lehessek. Míg körbejártam a betegeket, megkértem a tanuló nővéreket, figyeljenek a kölyökre. Egy percre sem akartam egyedül hagyni. Szerintem azon az éjjelen a nővérszobában én dézsmáltam meg a kávékészletet. A kedd reggel viszont már fájdalmas volt, hát még mikor meglátott a professzor, hogy milyen állapotban vagyok... Piszkosul letolt. Azt mondta, ha most azonnal nem megyek az orvosi szobámba lefeküdni, még a kórházból is kivezetett a biztonságiakkal. Ha haza nem is megyek, de aludnom kell. Mikor Dan magához tér és pont akkor nem leszek topon, hogyan akarok neki segíteni? Megígérte, hogy ő egész nap figyelni fog rá, és ha lesz változás, azonnal felébreszt. Be kell vallanom, igazat adtam neki, és tudtam, hogy benne bízhatok. Három napja nem aludtam, ezért épp, hogy a fejem a párnára ért, már álomországban voltam.

Míg Ben aludt, utánanéztem pár dolognak a fiú tünetei alapján. Még valamiféle allergiára is gondoltam, ami kiválthatja a tüneteket, de nem külsőleg mutatkozik meg. Ami kiütheti őt hosszú időre is, vagy a visszájára fordul. Felhívtam Tonit a rendőrkapitányságon, hogy nem nézne-e utána a nagybácsinál valamilyen orvosi papírnak, amit a fiú magával hozott. Megkérdezte, hogy van Daniel, de semmi jót nem tudtam mondani neki. Benéztem Benre, aki még aludt, és volt idő a segítségére sietni a baj megoldására. Annyira lelkiismeretes orvos, aggódik minden betegéért, de a fiúval történtek nagyon felzaklatták őt. Talán önmagát látja benne. Az akkori énjét, mikor ő is így küzdött. Tizenkét évesen fogadta örökbe Toni apja, aki még bíróként ítélkezett az ügyében. Szülei drogosok voltak, napokra magára hagyták a fiút, nem járt iskolába, néha napokig nem evett. Mikor ez eszembe jut, a szívem összeszorul a fájdalomtól. A gyámügy járt utána, mikor hosszú ideig nem tudott róla az iskola. Elmentek a lakásukra rendőri segítséget kérve, és ott találták egy szobában az ágyon. Magas lázzal, alultápláltan hozták be a kórházba. A szülők egy másik helyiségben be voltak drogozva, és nem is tudtak magukról. A rendőrök elvitették őket is és feljelentést tettek. Ben nehezen, de három hét után rendbe jött a kezeim alatt. Akkoriban voltam osztályos főorvos. Annak már húsz éve. Toni apja, dr. Kelemen Ede főbíró, aki egyedül maradt a saját gyerekével, látva a fiút, örökbe fogadta Bent. Toninak is jót tett a fiú társasága, akit folyton védelmezett, mint ahogy most is. Ha tudná, hogy napok óta nem aludt, nagy bajban lenne. Toni katonai iskolába, míg Ben orvosira járt. Toni, ahogy sokan szólítják, a maga negyven évével a rendőrőrs vezető századosa. Bent fiamként szeretem, és tisztelem a kitartásáért. Mindig is más akart lenni, különb a szülei nyomorúságos életénél. Szorgalmas volt, ezért a szárnyaim alá vettem, és nem bántam meg egy percig sem, hogy így döntöttem.

20. fejezet

Elmentem a Daniel nagybátyjához érdeklődni, ha ők nem is teszik, mert közben szerettem volna átnyújtani a feljelentést, amit Anna apja tett. Elkísért a jobbkezem, legjobb barátom a katonaság óta, aki mindenben a segítségemre van és megbízom benne, Bazsó. Volt bennem valamiféle öröm, mikor megláttam az arcát, ami lefagyott a levél láttán. A háttérben ott állt a felesége, és szóhoz sem jutott a hallottak miatt. Egy tündéri kislány szaladt utána, aki megkérdezte, hol van Daniel, mert már napok óta nem látta őt, és a szülei nem mondanak neki semmit róla. Istenem, egy gyerek érdeklődik utána! Az apja megkért, ne mondjak semmit a gyereknek, és kérte, hagyjuk el a házat. Mondtam, nem lesz egyszerű, mivel tudomásomra jutott a havi ellátás Daniel ellátására, és házkutatási parancsunk is van. Na, akkor már kénytelenek voltak beengedni, és megmutatták Dan szobáját. Mikor megláttuk, hogy egy matrac és egy szekrény volt a berendezés, tátva maradt a szánk. Dan holmijának nagy része még a bőröndjében volt. Bazsó meg is jegyezte a ház urának, hogy „nem tellett a havi juttatásból legalább egy ágyra?". Sajnos orvosi papírokat nem találtunk, sőt semmi hivatalos iratot. A szülők haláláról is csak akkor értesült a család, mikor a felkeresték őket az amerikai konzulátus magyarországi képviseletétől. Nem tudnak róla pontosan, hogyan hunytak el a szülők. Nem is folytattuk a keresést, mert a megoldás ott lesz a nagykövetségen, ami nagy szerencsénkre az V. kerületben volt. Elköszöntünk boldog ünnepeket kívánva és Miklóst figyelmeztetve az idézésre, ami az ünnepek után esedékes. A visszaúton az autóból felhívtam a professzort és elmondtam a lehetőségeket, és hogy most azonnal felkeresem a konzulátust. Hálásan köszönte, miközben rákérdeztem Benre, mivel napok óta nem hallottam felőle. Annyit mondott: jól van, épp beteget vizsgál.

– Sietnünk kell a fiú állapota miatt – mondtam Bazsónak –, szorít az idő.

Reméltem, mindenféle fennakadás nélkül bejutunk, mégis csak hivatalos szerv vagyunk. Alig félóra múlva már az ajtót nyitottuk és a jelvényünket lobogtattuk a biztonságiaknak. Lejöttek értünk az előtérbe, és felvezettek bennünket a megfelelő irodába. Elmondtam, miért vagyunk itt és szorít az idő, mert Daniel nagyon rossz állapotban van. Mindent elmeséltem a rokonokról is, és azt, hogy még nem tudni, hogyan tovább, de először Dan egészsége a legfontosabb. Meglepő dolgokat tártak fel előttünk, és meg kell mondanom, majdnem padlót fogott az állam. Egy krimi játszódott le előttem, mikor hallgattam. Aláírattak velünk egy titoktartási nyilatkozatot és kaptunk másolatot a fiú orvosi leleteiből – pontosabban a szervezete reakcióiról, a kórházi kezeléseiről. Szörnyű, mit kellett átélnie ennek a gyereknek. Megköszöntük a segítséget és a kórházba siettünk.

Nem mertem elmondani Toninak, hogy az öccse napokig nem aludt. Elindultam benézni hozzá; már ébredezett. Talán összeszedi magát, míg a bátyja ideér. A nővérek főztek egy jó erős kávét, az illata kicsalogatta Bent az ágyból.

– Üdv, professzor, mennyi az idő? – kérdeztem, miközben nagyokat nyújtózva kimásztam az ágy szélére.

– Épp annyi, hogy kialudtad magad – mondtam viccesen Bennek, miközben törölgette még mindig álmos szemeit.

– Délután öt óra van, sikerült nyolc és fél órát aludnod. Szerintem felállítottál egy rekordot. Nálad annak számít.

– Mi történt, míg aludtam? – kérdezte, miközben a kávéját kortyolta. – Hogy van a kölyök?

– Még nincs változás, de közben beszéltem Tonival, segítséget kértem. Mielőtt ideérne, szedd rendbe magad, mert úgy tudja, dolgoztál. Nem mondtam el a „három nap alvás nélkül" sztoridat.

– Értem, és köszönöm, professzor! Miben kérted a segítségét?

– Majd ő elmeséli, igyekezz!

Vettem elő tiszta holmit a szekrényemből és bevettem a zuhanyzót, mielőtt Toni ideér. Nagyon vártam, miben tud segíteni. Talán megmenti Dant a magas láztól. Ebben reménykedtem. Gyorsan összekaptam magam és a kölyökhöz siettem. A professzor külön szobába vitette és folyamatos megfigyelés alatt állt. Mikor megláttam, hogy még mindig a láztól izzadt a teste, megtörölgettem. Végigsimítottam göndör haját és csak reménykedni tudtam, hogy újra láthatom azokat a gyönyörű kék szemeket.

Siettünk, ahogy csak tudtunk a kórházba, még a rendőrségi villogót is kitettem az autóra. A professzor fogadott az előtérben, és elvezetett Dan szobájába. Az öcsém ott állt az ágyánál. Szorosan megöleltem, mikor megláttam.

– Mi a baj, Toni, miért vagy ennyire ideges? – kérdezte tőlem.

– Vasárnap óta nem láttalak, nem is beszéltünk. Hogy vagy, miért nem hívtál engem vagy apát?

– Hé, lassabban, megfojtasz! Velem minden rendben, kérlek, ne haragudj rám. Vele voltam elfoglalva, és nagyon aggódom érte.

– Tudom, hogy így van, ezért is vagyok itt. A professzor felhívott, segítséget kért, és elég fura dolgok derültek ki. Kezeljük diszkréten a dolgot, mert teljes titoktartást kértek tőlünk. Nézd meg az orvosi leleteket és segítsetek a fiún, aztán majd elmesélem a teljes sztorit.

– Rendben, nagyon köszönöm, hogy segítesz.

Gyorsan átfutottuk a leleteket a professzorral, és igaza volt: Daniel teste rosszul reagált a fájdalomcsillapítókra. Lázzal és eszméletvesztéssel járt a hatása, ezért nem tért még magához a műtét óta. Ellenkező hatást váltott ki belőle. Azonnal megkezdtük a kezelését. Változás még nem jelentkezett, talán szerda reggel megmutatkozik valami javulás. Annyira hálás voltam Toninak és a professzornak az életmentő ötletért, hogy könynyek szöktek a szemembe. Karácsonyig még tíz nap volt hátra. Igazi ajándék lenne, ha Daniel felépülne addig. Megkértem a professzort, hogy hadd maradjak a kórházban. Megígérem, aludni fogok a szobámban, csak hadd vigyázzak a kölyökre. Toninak is megígértem, hogy felhívom az apát, de most szeretnék megnyugodni, látva az eredményt. Mindketten rábólintottak a döntésemre. A professzor még velem maradt, majd este nyolckor hazament, hogy reggel kipihenten benézzen Danhez. Nem voltam ügyeletben, de szóltam a kollégáknak, ha valamiben segíthetek, csak szóljanak, és nézzenek rá a fiúra. Lepihentem az orvosi szobában. Nem kellett biztatni, hogy aludjak: a sok izgalom hamar álomba döntött. Reggel első dolgom volt benézni a szobájába. A láza kissé lejjebb ment, de a pupillái még nem reagáltak. Elmentem kávéért és a kölyök mellett maradtam, míg a műszakomat át nem vettem. Átvettem a betegeket, majd tíz óra körül felhívtam az apámat. Örültem a hangjának. Megkérdezte, hogy van a betegem, és hogy én hogyan viselem ezt az egészet, mert Toni elmondott neki mindent. Megnyugtattam, hogy jól vagyok, és talán pár órán belül nála is lesz változás. Kérdezte a karácsonyi programomat, és hogy hívtam-e, már Alexát, mikor érkezik. A nagy aggódásban el is felejtettem hívni, de ő sem erőltette meg magát.

– Ebédszünetben felhívom és megkérdezem – mondtam, majd elköszöntem. A nap délelőtti részében betegeket láttam el – nagyon sokan voltak így, az ünnepek előtt. Ebédnél felhívtam Alexát és megkérdeztem, hogy mikorra tervezi az érkezést, és hogy az idén nem szeretnék elutazni, mert van egy súlyos betegem, akiért aggódom, és nem szeretném magára és más orvosra hagyni. Huszonharmadikán érkezik, és addig még megbeszélhetjük, mi legyen az ünnepekben. Lelkiismeret-furdalást éreztem, de ha belegondoltam, a kölyök nem is tud róla, hogy én kezelem, mert mióta behozták ide, nem volt magánál. Izgultam is, mikor először kinyitja a szemét és én nézek vele szembe, mit mondjak neki. Eltelt még egy éjszaka, de előtte hazaugrottam tiszta holmiért, majd újra a kórházban aludtam. Reggel a professzor ébresztett – kissé hosszabban aludtam, mint vártam. Összekaptam magam és a kölyökhöz siettem. Kezemet a homlokára tettem, és a lázát mintha elfújták volna. Gyorsan megmértem, és beigazolódott a változás. Borzasztóan örültem a hírnek, és annak is, hogy csak két órakor állok műszakba. Van időm vele maradni, várni, hogy magához térjen. Nem kellett sok idő, és a szeme rángatózni kezdett. Lassan felemelkedtek a szemhéjai, és ő szembenézett velem. Azok a gyönyörű kék szemek most kissé üvegesek voltak. Mikor meglátott, szemeit olyan tágra nyitotta, hogy még én is elképedtem. Nem szólt semmit, szemeit becsukta, és oldalra fordította a fejét. Mikor mondtam, hogy hol van pontosan, nem szólt: tisztában volt vele. Kérdeztem, vannak-e fájdalmai, de nem szólt. Egy szót sem szólt hozzám, csak annyit láttam, hogy szemeiből könnycseppek gördülnek, áztatva vele megtört, mégis gyönyörű arcát. Nem tudtam, mit tegyek, de meg is értettem őt. Elmondtam, milyen műtétet végeztem rajta, de nem érdekelte.

– Tudod, Daniel, ha akkor találkozunk, mikor meglátogattál, talán másképp alakulnak a dolgok. Nagyon szörnyű dolgokon kellett egyedül keresztülmenned, és nem volt, aki a segítségedre legyen. Sajnálom, hogy csalódnod kellett bennem, és hiába vártál rám akkor este itt és az edzőteremben. Sok idő telt el azóta, és hogy itt és így kell újra találkoznunk.

Annyira vártam ezt a percet, hogy újra lássam gyönyörű szemeit, de rám sem nézett. Mondtam, hogy meg kell várni az infúzió lefolyását, és majd eltávolítom róla. Később ehet és ihat is már. Megemeltem az ágy fejrészét, hogy kényelmesebb legyen, és elköszöntem, hogy majd később benézek hozzá, addig is csengessen, ha rosszul érezné magát. Csalódott vagyok, mondtam magamnak, mikor kijöttem a szobából. Nem várok tőle semmit, csak pár szót vagy kérdést, de semmi nem hagyta el a kölyök száját. A professzor látta rajtam, mennyire le vagyok törve, de igazán ő sem tudta, miért, és nem is akartam senkivel megosztani. Arra kértem, hogy később ő menjen be hozzá, és kösse le az infúzióról. Haragudtam rá, pedig tudtam, nem kellene azok után, amin keresztülment. Nem tudtam, mit érzek valójában, mert a szívem gyorsabban vert és a pulzusom az egekbe szökött a látványától. Átvettem a műszakom és türtőztettem magam, hogy bemenjek hozzá. Nem tudom, hányszor mentem el az ajtaja előtt, de akárhányszor is, olyat éreztem, hogy már fájt.

21. fejezet

Lassan itt van a szenteste, és a kölyöknek a kórházban kell töltenie, de nem akar sem inni, sem enni. Újra infúzióra kellett kötnöm, mert kiszáradhat. Toni is volt bent nála, hogy feltegyen pár kérdést, de vele sem beszélt. Egy szót sem tudott kihúzni belőle. Egyik reggel, mikor benéztem hozzá, a tanulónővérek bámulták, vigyorogtak és sugdolóztak róla, mert a főnővér lemosdatta és nem volt rajta ruha, csak egy vékony lepedőt terítettek rá. Nagyon mérges lettem amiatt, ahogy viselkedtek és kizavartam őket, de azt elég hangosan tettem. Mindenki meglepődött, még a kölyök is felnézett és tágra nyíltak a szemei. Azt hiszem, ezt hívják féltékenységnek. Nem akartam senkivel megosztani a látványát. A nap folyamán bocsánatot kértem a nővérektől a viselkedésem miatt, de szívem szerint felpofoztam volna őket. Megkértem a főnővért, hogy legközelebb csak ő menjen fürdetni a fiút. A szekrényből elővettem egy köntöst és próbáltam ráadni. Segített nekem, miközben értetlenül bámult rám. Az egyik karja így is fedetlen maradt, de mégsem volt teljesen meztelen, majd egyszer csak megszólalt.

– Miért voltál mérges? Míg nem voltam magamnál, úgyis láttak már ruha nélkül, vagy téged ez zavarba hoz?

– A viselkedésük zavart, és azt gondoltam, talán téged is. De megszólaltál, és ennek nagyon örülök. Haragszol rám? Sajnálom, hogy itt és így kell találkoznunk.

– Magamra haragszom, te nem tehetsz semmiről.

– Kiveszem az infúziót, ha eszel. Hogyan döntesz?

Erre már nem válaszolt. Elfordította a fejét és becsukta a szemeit. Tanácstalan voltam, nem tudtam, mit kellene tennem. Mintha nem akarna élni. Tanácsot kértem a professzortól, aki azt javasolta, hagyjam pár napig, ne menjek be hozzá, és majd talán megnyílik, vagy hiányolni fog és rákérdez, merre vagyok. Úgyis itt a karácsony, menjek haza és élvezzem. Ő ügyelni fog rá. Mintha ez olyan könnyű lenne. Itt hagyni őt teljesen egyedül, látogatók nélkül az ünnepekre. Holnap már huszonharmadika, Alexa kora este érkezik. Apával beszéltem a családi vacsoráról, és ha ők szeretnének Alexával ünnepelni, nem bánom, de én szeretnék a városban maradni.

– Megbeszéljük – ígérte.

Este elköszöntem a személyzettől és a professzortól, boldog ünnepeket kívántam, de a kölyökhöz nem mentem be. Majd' megszakadt a szívem, ha csak rágondoltam, hogy itt kell hagynom. Négy kemény nap otthon a gondolataimmal, amelyek a kölyökről szólnak, mióta megláttam őt. Hazamentem, átöltöztem, és átautóztam apáékhoz. Alexa már ott várt rám. Megöleltem, megcsókoltam. Vagy egy hónapja nem láttuk egymást.

– Miért nem akarsz velünk jönni? Olyan régen találkoztunk és beszéltünk. Csak az ünnepekre, és a két ünnep között viszszajöhetsz, kérlek! – könyörgött nekem.

– Rendben, menjünk együtt – ígértem meg a családnak, és megfogadtam a professzor tanácsát. Alexa szüleinél fogunk ünnepelni, mint a legtöbb évben, az otthonunktól 240 km-re, Nyíregyházán. Kétórás út, nincs havazás, az utak jónak tűnnek. Igazából nem hiányzott, de nem volt kedvem veszekedni, magyarázkodni pedig főként. Talán a távolság és a társaság feledteti egy időre a kölykömet. Összepakoltunk pár holmit, és délelőtt tízkor elindultunk a családi karácsonyra. Egy autóval mentünk. Én hátra ültem, Toni vezetett, apa ült mellette, de én félóra múlva már ki is dőltem, kissé rá is játszva a dologra, mert nem volt kedvem beszélgetni, és mikor láttam, hogy elhagyjuk a fővárost, nem is akartam tudni róla. Sikerült végigaludnom az utat, mert csak annyit hallottam és éreztem, hogy a többiek ébresztgetnek.

A ház gyönyörűen ki volt díszítve, mint mindig, kívül-belül, és a fogadtatás nagyon kedves volt. A vacsoránál nagyokat nevettünk és a kedvem is jobb lett. Örültem, hogy a kölyökről nem beszélhettünk a titoktartás miatt. Nehezen birkóztam volna meg az érzéseimmel. Jól is éreztem magam, már nem akartam hazasietni az ünnepek között – majd szilveszterre hazautazunk.

101

Elteltek az ünnepek, de akkor is sok volt a beteg, pláne a sütés-főzés, fa-befaragás közben lesérült beteg. Sikerült mindenkit ellátni, még a kölyökre is volt időm. Miért hangzik ez Ben szájából jobban? – kérdeztem magamtól és elmosolyodtam. Többször benéztem hozzá, de nem akart enni. Minden ételt érintetlenül hagyott. Beszélni sem volt hajlandó, mikor megtudta a főnővértől, hogy Ben elutazott a családjával az ünnepekre. Mintha durcás lett volna miatta. Nem is lett volna baj, csak legalább evett volna valamit. Kértem, ne tegye ezt magával és a dokival, mert ő igazán aggódik érte, és mikor visszajön, nem szeretném, ha rossz kedve lenne és érte is aggódni kellene, mint mikor három napig nem aludt, annyira aggódott miatta. Mikor ezt meghallotta, felém fordult és hatalmas szemekkel bámult rám. Attól a naptól kezdve kérte, hogy segítsek neki az evésben.

22. fejezet

Eltelt az egy hét, újra a fővárosban voltunk. Holnap szilveszter lesz, de nem készülünk sehova, Tonit kivéve, aki a jelenlegi párjával fog ünnepelni és fogadásra indulnak, mert az a személy egyenesen a polgármester asszony. Úgy fél éve kezdődött, mikor valamiféle hivatalos vacsorán vettek részt. Azóta elmélyült a kapcsolatuk. Hármasban fogunk iszogatni és pihenünk, mert nemsokára minden kezdődik elölről. Alexa holnap már visszautazik Pécsre, a klinikára, és ha minden jól megy, egy hónap múlva újra találkozunk. Így egyeztünk meg. Én is megyek dolgozni, délutánra fel is hívtam miatta a professzort, de azt a bizonyos személyt nem kérdeztem, és ő sem mondott róla semmit. Attól viszont a hideg is kirázott, hogy a rokona ügyében pár nap múlva megkezdődik a tárgyalás, és ez Danielt is érinti. Szinte átaludtuk az éjfélt a régi szobámban. Apa már jóval előbb elaludt. Másnap délelőtt elbúcsúztunk Alexától és otthon rendbe szedtem magam, hogy újra munkába álljak. *Új év, új kezdet*, gondoltam, ezért kicsípem magam. Kipróbálok valami újat. Nem mintha tetszeni szeretnék valakinek, csak úgy a magam örömére. Farmert húztam, hozzá fehér inget – ha már gyúrni járok, valamit lássanak is belőle. A hajamat próbáltam máshogy fésülni, mint eddig, és elmondhatom, egész jó összkép alakult ki. Teljesen elégedett voltam magammal. Magabiztosan nekiindultam az új évnek.

A hatás nem maradt el: rengeteg bókot kaptam mind a kollégáktól, mind a betegektől. Még a szerelésemben benéztem a kölyökhöz. Fent volt, és láttam a reakcióját a megjelenésemre. Még hogy nem akartam senkinek tetszeni! Miért csapom be magamat? – futott át a gondolat az agyamon. Rám mosolygott és üdvözölt. A szívem majdnem kiugrott a helyéről, mikor megszólalt. Nem tudom, mit tett vele a professzor, de igazán hálás voltam neki. Megdicsért, milyen jól nézek ki, biztosan ajándék valakitől, hogy így be akartam neki mutatni. Itt kicsit le is törte a kedvemet, mert igaza volt, de ezt neki nem mondtam. Tényleg ajándékba kaptam, de azért jólesett, hogy tetszettem neki benne. Miközben a szobámba mentem, a professzor köszönt be hozzám, és boldog újévet kívánt. Szorosan átöleltem, és megköszöntem, amit a kölyökkel tett. Tudta, miről van szó, ezért csak visszaölelt. Magamra kaptam a köpenyem, de még visszanéztem a tükörbe és az ingemen kigomboltam egy-két gombot, hogy a mellkasom kissé kivillanjon. A professzor csak mosolygott, és utamra bocsájtott egy „menj, bűvöld el a betegeket" kijelentéssel. Nyugis volt a délután, ezért a nagy részét a kölyöknél töltöttem. Nem sokat beszélt, közben el is aludt, de nekem elég volt, hogy vele lehettem. Nem kérdezte, merre jártam – talán jobb is volt így –, de mikor a tárgyalást megemlítettem, mintha kést szúrtam volna a szívébe. A szemeibe könnyek gyűltek, teste megborzongott, szinte éreztem a fájdalmát. Annyit mondott, nem akar visszamenni a rokonaihoz, szeretne külön élni akkor is, ha még kiskorú. Telne albérletre a havi utalásból, és az is megmaradna, amit Miklósék kapnak utána. Nem verné el a pénzt, szépen eldégélne egyedül. Járna iskolába, nem lenne gond. Mikor erről beszélt, a szívem összeszorult a hallatán. Eszembe juttatta azt az időszakomat, mikor én is így küzdöttem az életben maradásomért. Elmondtam neki, hogyan sikerült megmenteni az életét a bátyám közbenjárásával. Hálás volt érte.

– Szeretnék kérdezni valamit – mondta nekem. – Beszélnél a bátyáddal erről? Lehetséges lenne külön élnem, esetleg a konzulátussal beszélni róla?

– Nem ígérek semmit, de megpróbálom a segítségét kérni benne – mondtam neki. Késő volt már, kértem, pihenjen. Közben benézek hozzá, mondtam neki, miközben letöröltem a könnyeit és végigsimítottam a homlokát. Az éjszaka is csendben lezajlott, aludni is volt időm. Reggel, mielőtt hazaindultam, benéztem hozzá és szóltam neki a tegnap esti dologról, hogy nem felejtettem el, holnap reggel találkozunk. Mikor hazaértem, nem feküdtem le azonnal: tudtam, Toni mikor ér be a kapitányságra, és beszélni akartam vele a kölyök kéréséről. Letusoltam, ittam egy nagy adag kávét, és nyolc óra körül beautóztam a kerületbe. Szerencsémre Toni bent volt és nagyon örült nekem, de nem számított rá, hogy megyek hozzá. Megkértem, hogy beszéljünk négyszemközt Daniel ügyéről. Elmondtam a kívánságát és kértem, járjon közbe az ügyében. Azt mondta, akkor sietnie kell, mertkét nap múlva itt a tárgyalás. Abban biztosak voltunk, hogy Miklósék a történtek után nem látnák szívesen az otthonukban, ezért is kellene egy hely, ahova hazamehetne a kórházból.

23. fejezet

A tárgyalás délután négykor lesz, és a kölyöknek nem volt mit felvennie, ezért vettem neki ruhákat. A professzor elkísért bennünket a tárgyalásra, ahol Miklós és az ügyvédje már jelen volt. Tonival együtt apa is megérkezett, mégis csak a második otthona a bíróság. Megpillantva a bírót azt mondta nem lesz baj. Anna az apjával érkezett, és láttam a kölykön, mennyire felzaklatja Anna jelenléte. Az ügyész ismertette a Miklós elleni vádakat zaklatás és Daniel elhanyagolása ügyében, és olyan fordulatot vett az ügy, amire álmunkban sem gondoltunk. Mindezek után ügyvédje ismertette, hogy a vádlott is feljelentést tett a rokona ellen kiskorú lánya ellen elkövetett szeméremsértés miatt. Többször fel kellett szólítania az otthonába a vádlottat, hogy ne mutatkozzon hiányos öltözékben a kislány előtt. Daniel, mikor ezt meghallotta, teljesen kikelt magából és kikérte magának a vádat.

– Talán ha egyszer előfordult, de soha senkihez nem nyúltam eddigi életem során, Lucához pedig főként nem. Ő törődött velem igazán, miért tettem volna ilyet?

Az ügyvéd azt is hozzátette, hogy ezek után nem szeretné, hogy köze legyen a rokonához, és továbbra is nála lakjon. A bíró folyamatosan fegyelmezte Dant a viselkedése miatt, és mikor én is a védelmére keltem, pénzbüntetésre ítélt, de ki a fenét érdekli most a pénz. A bíró ezek után pszichológiai kezelésre ítélte, míg javulást nem mutat. Na, itt már én is kikeltem magamból, hogy épp a kórházból jöttünk és még kezelés alatt áll, nem vihetik és zárhatják el csak úgy, ő is egy áldozat. A másik legszörnyűbb az volt, mikor a tárgyalás végén Miklós a kölyök fejéhez vágta, hogy elégeti minden holmiját, ami náluk van, mert oda a lábát soha többé nem teheti be. Mikor ezt Dan meghallotta, még a teremszolgák sem bírtak vele. Bilincsbe verve, a földön húzva vitték ki a teremből, míg engem öszszetörve szedtek össze a padlóról.

Bent annyira megviselték a fiúval történtek, hogy egy kis időre elájult a karjaimban. Szerencsére engedték, hogy egy másik helyiségbe vigyük, és lefektettük egy kanapéra. Mikor magához tért, felült, fejét a tenyerébe temette, majd hangosan sírni kezdett. Annyira ismerős volt a jelenet, de nem gondoltam, hogy újra látnom kell ezt. Mellé ültem, apa a hátát simogatta, és nem jutott eszünkbe semmi, amivel enyhíthetnénk a fájdalmán. Egyszer csak összeszedte magát és elindult az ajtó felé. Visszafordult és annyit mondott: „gyertek, meglátogatunk valakit". Mivel két autóval voltunk, követtem Bent és a pszichiátria előtt parkoltunk le. A professzor már sejtette a következő lépést. Az intézmény vezetője Ben egyik rivális ellenfele volt a klinikáról még gyakornokként, aki kettővel felette járt az egyetemen, és a professzor keze alatt tanult. Mi lesz még ebből? – gondolkodtam el rajta, miközben a bejárathoz hasítottunk.

– Lám-lám, dr. Benedek Ákos személyesen! – köszönt az intézmény vezetője gúnyos hangnemben. – Minek köszönhetem a látogatást?

– Egy betegemről szeretnék érdeklődni, akit nemrég hoztak egyenesen a bíróságról. Délelőtt még az én betegem volt és szeretném tudni, milyen kezelést tervezel vele. Alig jött rendbe, nem szeretném, ha az állapota romlana.

– Nem végezhettél valami alapos munkát, ha itt kötött ki.

– Sebész vagyok, nem agyturkász!

– Oh, meg ne bántsam a nagyra becsült sebészorvost, elnézést kérek a kijelentésemért!

– A személyeskedést félretéve, szeretnénk tudni a fiú állapotáról. Lehetséges ez? – kapcsolódott be a beszélgetésbe a professzor is. – Kérlek, tegyük félre a régi nézeteltéréseinket és beszéljünk komolyan.

– Majd ha lesz bírói végzés, beszélhetünk komolyan, addig pedig megkérlek benneteket, távozzatok az épületből!

Ben mérgesen az asztalra csapott, majd sarkon fordulva kisietett a helyiségből. Alig értük utol, szinte rohant.

– Ez a szemétláda semmit nem változott – mérgelődött az autóhoz érve, majd apához fordult.

107

– Kérlek szépen, megtennéd nekem, hogy utánajársz a végzésnek? Sokat jelentene nekem.

– Persze, fiam, szeretnék segíteni neked – mondta apa, és megölelte Bent, aki a dühtől szinte remegett.

A professzorral visszamentünk a klinikára, de előtte még megkértem Tonit, ha lesz ideje, szeretnék beszélni vele a kölyök lakhatása miatt, és hogy előzze meg, miszerint a dolgait elégesse a rokona. Mint kiderült, csak felfüggesztettet kapott, és pénzbüntetést. Nagyon kiakadtam, pláne a lányra: nem érdemelte meg, hogy foglalkozzanak az érzéseivel, mert azért is a kölyök bűnhődik.

24. fejezet

Alig tudtam összpontosítani a műtétekre, még szerencse, hogy a professzor kisegített. Nem győztem elnézést kérni mindenkitől. Megkértem a bátyámat, szerezzen rendőrségi végzést, hogy legalább meglátogathassam a kölyköt, mert már egy hete, hogy bezárták a pszichiátriára és nem tudok róla semmit. Sehonnan nem érkezett segítség. Eddig apa sem intézkedett az ügyben; elutazott. Toni minden mást előrébb helyezett, mondván, jó helyen van, nem esik baja, de igyekszik beszerezni a látogatói engedélyt. Még soha nem haragudtam úgy a családomra, mint most. Két befolyásos ember, és nem segítenek. Egyedül a professzorra számíthattam, aki támogatott az ügyben. Mikor már nem bírtam tovább idegekkel, berontottam a pszichiátriára és jelenetet csináltam. Csak annyit kértem, hadd lássam a kölyköt. Volt látogatási idő, de őt pont nem láthattam. Nem is hoztak ilyen rendeletet a bíróságon, ez csak velem szembeni utálatból csinálta az igazgató. Miért is ne? Kihívta a rendőrséget és kivezettetett az épületből, feljelentett rendbontás és rendzavarás miatt.

Mikor Toni ezt megtudta, ő is kiszállt a helyszínre, és elég rendesen letolt miatta. Hogyan lehetek orvos létemre ennyire felelőtlen, és ezt most neki el kell rendeznie, mert nem szeretné, ha aktám lenne és nyoma maradna.

– Nem kértelek rá, hogy rendezd el, vállalom a felelősséget a tettemért! Nem kell a segítséged! Akkor tetted volna, mikor megkértelek rá! – ordítottam, miközben bevágtam magam az autómba, hogy elhajtsak, de Toni megragadta az ajtót.

– Ben, hogy mondhatsz ilyet? Segíteni szeretnék, nem én vagyok az ellenséged!

Meg sem hallgattam, csak elhúztam az autóval. Toni tudta, nagyon magam alatt lehetek, ha ilyeneket mondok. Gondolta, öccse a klinikára ment, ezért utánaindult, talán meg tudja nyugtatni.

Szinte szaggattam az aszfaltot, meg sem állva a klinikáig. Forrt a vérem a dühtől, de pláne Tonitól. A kórházban egyenesen a szobámba mentem és bezárkóztam, még a professzor kopogására sem nyitottam ajtót. Úgyis csak este kezdődött a műszakom. Bedugtam a fülemet, zenét hallgattam, és a kölyöktől kapott őrangyalos törölközőt szorongattam.

Toni

Mikor besiettem a kórházba Bent keresve, a professzorral találkoztam. Elmondtam neki, mi történt – nem tudott róla. Mondta, hogy Ben bezárkózott az orvosi szobába és nem válaszol még neki sem, de úgy érzi, hagyniuk kellene, míg megnyugszik. Rendben, békén hagyom, és megpróbálom bejuttatni Danielhez. Holnap az első dolgom lesz a polgármester asszonyhoz fordulni. Annyi rosszat hallottam, hogyan bánnak a betegekkel ezeken az osztályokon, nem szerettem volna, hogy ott is ki legyen téve valaminek. Csak rá tudtam gondolni, és az érzéseimet nehezen uraltam. Az igazgató még képes, és valami rosszat tesz vele, hogy ezzel bosszút álljon a régi sérelmei miatt.

Még reggel felkerestem a hivatalban a polgármester asszonyt, aki persze a párom, de nem osztogatják csak úgy az engedélyeket. Bent sem tudtam elérni, nagyon haragudott rám. Még a kórházban is megkerestem, de lerázott, hogy sok a betege. Szerettem volna elmondani neki, hogy pár nap és bemehetünk a fiúhoz. Mikor meglesz a határozat, talán megenyhül.

25. fejezet

Három nap és meglett a belépési engedély, de az alatt az idő alatt
még apának sem adott életjelet az öcsém. Mikor elvittem a há-
zához, nehezen, de ajtót nyitott. Még soha nem láttam ennyire
nyúzottnak. Úgy gondolom, napok óta nem aludt. Megmutat-
tam az engedélyt, tétovázott, hogy elvegye, majd egyszer csak
a nyakamba borult.

– Köszönöm! – Ennyit mondott, és onnan már tudtam, nem ha-
ragszik rám. – Mehetünk – mondta, és berohant, hogy felöltözőn.

A párom közben járt a bírónál, de csak szigorúan egy láto-
gatást engedett, mert összezavarja a beteget. Még a bűnözőket
is gyakrabban látogathatják, mint Danielt. Bekísértem Bent a
kórházba, és rengeteg furcsa viselkedésű embert láttunk. Hogy
lehet itt meggyógyulni? Már értettem, miért aggódott az öcsém.

Dan egyedül volt egy szobában, de ki volt kötve az ágyhoz.
Rettenetes állapotban volt. A pizsama szakadt volt rajta – azt
mondta az ápoló, ő szaggatta meg magán, azért kellett kikötözni.
Folyamatosan nyugtató hatása alatt áll, mert nem bírnak vele.

– De azzal megölik őt! – ugrottam az ágya mellé, és megnéz-
tem a szemeit. Katatóniában szenvedett, ami tudatosan korlá-
tozza a gondolkodását. Szándékosan gyengítették le őt, és így
azt tettek vele, amit akartak. Még egy takaró sem volt rajta,
hogy legalább eltakarják a testét és melegben legyen. A csuklója
ki volt dörzsölve, és a mellkasán horzsolásnyomokat fedeztem
fel. Megmarkoltam az ápoló gallérját és nekinyomtam a falnak.

– Ki tette ezt vele? Ki nyúlt hozzá, mondd el, te szemét!

Toni alig tudta kiszedni a kezeim közül a fickót és kérte, ural-
kodjak magamon, mert így nem segítek Danielnek.

– Soha nem jön rendbe, nem fogják kiengedni – fordultam
Tonihoz. – Talán nem is akarják.

Megkértek bennünket, fejezzük be a látogatást és hagyjuk
el az épületet. Alig voltunk bent tíz percet, de amit láttunk, épp
elég volt, hogy minél előbb kihozzuk őt innen.

– El kell mennünk a követségre – mondtam az öcsémnek, és bocsánatot kértem, hogy nem előbb cselekedtem. El is indultunk, hogy megkeressem azt a személyt, aki Danielről a felvilágosítást adta, de nem volt elérhető. Külföldön tartózkodott, és talán beletelik egy-két hétbe is, mire visszajön. Most mit tegyünk? Minden szálat megmozgattunk, és nincs más, akihez fordulhatunk. Várnunk kell, és csak imádkozhatunk, hogy Daniel kitartson. Én nem akartam addig várni, és a professzor segítségét kértem. Elmeséltem neki mindent, amit láttam, és ő is úgy érezte, ez valamiféle bosszú a régi tanítványtól. Arra is gondoltam, akár molesztálhatják is őt, nem bíztam az ottani ápolókban. Ha ez kiderülne, a kezünkben lenne a bizonyíték. Most már csak azt kell kitalálnunk, hogyan jussak be, és ki a kölyökkel. Mikor látogatási idő van, akkor lehetne bejutni. Elég, ha csak én megyek be, és a professzor az autóban vár ránk. Elviszünk magunkkal egy kerekesszéket, és szereznem kell hasonló ápolói ruhát. Ilyen dolgok jutottak eszembe. Még a hivatásomat is veszélybe sodortam volna, csak őt újra lássam nevetni. Alig vártam a másnapot, hogy megvalósíthassuk a tervet.

26. fejezet

Letelt a délelőtti műszakom. A professzor aznap nem jött be; várt rám az autójával a pszichiátria parkolójában. Még este kölcsönvettünk egy kerekesszéket. Az autómban átöltöztem, és kivettem a kocsit. Nagyon ideges voltam, de a professzor megnyugtatott, nem lesz baj, mert ha nem sikerül, legalább felfigyelnek ránk a hatósági szervek.

– Vagy engem is bezárnak elmebajra hivatkozva – mondtam. Ez a mondat mosolyra húzta a szánkat. A tolókocsiba elrejtettem egy vékonyabb ruhát a kölyöknek, hogy legyen miben kihoznom. Fejembe húztam egy baseballsapkát és elindultam. A szívem majd' kiugrott a félelemtől és a kamerák jelenlététől. Szerencsére a recepción nem volt senki. Fel kellett jutnom a második emeletre, ott volt a szobája. A lépcsőházban közlekedtem és benéztem az emeleteken a folyosókra, ahol alig lézengtek, inkább a látogatói helyiségekben csoportosultak vagy a hátsó, zárt udvarban, ahol a legtöbb ápoló is tartózkodott. Felérve a másodikra majd' kiköptem a tüdőm, ahogy cipeltem a kocsit. Kicsit vártam, hogy kevesebben legyenek, és senki ne akarjon a látogatók közül kérdezni valamit, mert akkor végem van. Igyekeztem olyan szögben mozogni, hogy a kamera ne lássa az arcomat. Akik maradtak, csendben beszélgettek. A lépcsőház ajtajától messze volt a szoba, igyekeznem kellett. Már csak attól féltem, zárva lesz, de nem volt, viszont a kisablakon benézve láttam, hogy van nála egy ápoló. Épp simogatta a kölyköt, aki most is ki volt kötözve és nem volt magánál. Türtőztettem magam, elővettem a telefonom, körbenéztem, és kamerázni kezdtem. Mikor már volt bizonyítékom, halkan benyitottam, és a tolószékkel lecsaptam a fickót. Nem gondolkodtam, mekkora zajjal járt, hallottam a hangoskodást miatta a folyóson. Gyorsan kinéztem és szóltam: nincs semmi baj, még mielőtt valaki odajött volna. Igyekeznem kellet. Daniel karját és lábát kiszabadítottam, és azzal a madzaggal hozzákötöztem az ápolót az ágyhoz. A szájára is jutott belőle. Kinéztem a folyosóra. Nagy lett a mozgolódás, de ápolót nem láttam. Felhúztam a nadrágot és a kapucnis felsőt a kölyökre, és nehezen ugyan, de sikerült beleültetnem a kerekesszékbe. Az ágy végében volt egy takaró, amivel a lábát alaposan betakartam, és hozzákötöttem a kocsi támlájához, hogy ki ne boruljon. Most jött, amitől a legjobban tartottam: a kiút. A lift közelebb volt a szobához, nem kellett hosszan tolnom, de ha ápoló lesz a liftben... Kinéztem. Kissé elcsendesedtek és megfogyatkoztak a látogatók. Nekiindultam „lesz, ami lesz" alapon, csak a lift kamerája zavart. Épp beszálltam volna, mikor látogatók is jöttek lefele, de nem is volt baj, talán takarásban maradok. Kérdezték, mi a baja a fiúnak, mire azt mondtam: drogos. Hirtelen ez jutott eszembe. Majd egyszer ezért bocsánatot kérek tőle, persze ha kijutunk. Leért a lift, kitódultak az emberek. Az előtérben voltak biztonságiak, mert a látogatási idő félóra múlva lejárt. Gyorsan felhívtam a profeszszort, hogy álljon közelebb a bejárathoz, de legyen takarásban az autó a kamerák miatt. Akkor viszont megállított az egyik őr, hogy hova viszem a beteget. Istenem, most adj erőt és egy jó hazugságot a számba, imádkoztam magamban. Nem akartam, hogy lássa a teljes arcomat, ezért épp hogy csak oldalra néztem.

– Ki kell mennem a kollégáknak cigarettáért, elfogyott, és ez a gyerek rám van bízva, nem hagyhatom felügyelet nélkül, vagy ránéznétek addig?

– Van elég dolgunk, úgyis kell neki a levegő. Vidd csak magaddal.

– Azonnal jövök vissza – hazudtam az őrnek. – Hozzak valamit nektek is? – kérdeztem.

– Nem dohányzunk. Menj, de igyekezz vissza! – mondta az egyikük.

A kijárattól nem messze megláttam a professzort, aki már nyitotta a hátsó ajtót. Igyekeztem betenni a kölyköt és a kerekesszéket. Gyorsan mellé ültem, kissé eldőlve az ülésen, és a professzor kihajtott a parkolóból.

27. fejezet

Hozzám mentünk, a házamba. A professzor beállt a garázsba, és lecsukta a kaput. Nem hiszem, hogy valaki is meglátott volna minket. A garázsból közvetlen be lehet menni a házba. Dicsértem is magamban a tervezést. Danielt a professzor felsegítette a hátamra és felvittem az emeleti hálószobámba. Óvatosan lefektettük, és ellenőriztem az életfunkcióit. Minden rendben volt, csak a nyugtató hosszú időre kiütötte. Lehúztuk róla a ruhát és a kórházi szerelést. A teste megtört volt, és molesztálás nyomait fedeztük fel rajta. Legszívesebben már most lemosdattam volna, de a professzor látleletet vett róla. Alaposan lefényképezte a testét és a kórházi ruhát is. Valahogy el kellene juttatnunk megvizsgáltatni. Míg a professzor fényképezett, az ágy mellé rogytam. Fejemet a térdemre hajtottam és átöleltem. Talán most fogtam felk, mit is tettem. Elkapott a remegés, majd nehezen, de összeszedtem magam.

– Ben, hogy érzed magad? – kérdezte a professzor. – Ha kitudódik a dolog, tudod kezeli?

– Nem érdekel, mi lesz velem, ő már akkor sem kerülhet vissza oda, nem bánthatja senki, de bízom benne, a bizonyítékok elegendőnek bizonyulnak. Ha engem el is ítélnek, ő szabad lesz. Mit gondol, professzor, mennyi időnk van még?

– Talán pár óra, gondolom, de érdekes lesz, hogy Toninak kell letartóztatnia bennünket.

Törölközőket tettem a kölyök alá és elkezdtem lemosdatni. Lemosni a sok mocskot, ami ezt a gyönyörűséget érintette. Alaposan megtöröltem és tiszta ruhát húztam rá. Kimerült voltam, aludni szerettem volna, de nem akartam a professzort magára hagyni.

Az idős orvos látta, Ben mennyire elfáradt, kérte, aludjon nyugodtan, ő majd ügyel rájuk.

Olvasott a gondolataimban, ezért letusoltam és a kölyök mellé bújtam. Jó érzés volt magam mellett tudni. Még soha nem éreztem ilyen közel magamhoz. Néztem egy darabig, majd se kép, se hang.

Este tíz körül csengettek, Bent nem ébresztette fel. Lementem megnézni, ki az, de biztos voltam benne, ki lehet. Az ajtóban Toni és Bazsó állt.

– Hol vannak? – kérdezte.

– Az emeleti hálóban – válaszoltam, majd elindultunk felfele. Toni kettesével vette a lépcsőket, de nyugodtnak tűnt.

A hálóba lépve az ágyban feküdt a két srác. Kissé elmosolyodtam a látványon; helyesnek tűntek együtt. Benhez léptem, kissé megráztam, hogy felébredjen. Kimerült lehetett, ha csak a harmadikra ébredt fel. Megijedt, mert az ágytámlához húzódott. A fiúra nézett, majd rám, mellkasa gyorsan zihált az ijedtségtől, majd feltérdelt az ágyban és hozzám bújt. Szorosan átölelt, magamhoz szorítottam. Éreztem, ez megnyugtatja.

– Ben, nyugodj meg, itt vagyok! – mondtam, mikor még mindig szorosan ölelt.

– Sajnálom, de nem tudtam várni, nem hagyhattam ott!

Lassan elengedett, de a szeme tele volt félelemmel és aggódással. Visszaült az ágyba és megfogta a fiú csuklóját.

– Nézd, mit tettek vele, és ez még nem minden. A csuklói és a bokája a kikötözéstől elkékültek. Felhúzta a pólóját, és apró harapásnyomok voltak láthatók a múltkori horzsolások mellett. Már biztos voltam benne, hogy a fiút zaklatták. A professzor, ahogy mondta, látleletet vett róla, de a ruhát szerette volna megvizsgáltatni.

– Bazsó, kérlek, figyelmeztess, reggel ez legyen az első dolgunk. De ugye tisztában vagy vele, Ben, hogy, amit tettél bűncselekmény, és a professzort is belesodortad?

– Igen, de tudom, hogyan hozzam helyre, és van egy ütőkártyám.

– Mire gondolsz?

– Egyszerű zsarolás.

– Zsarolás... te mostanában krimiket olvasol? Hogy gondolod?

– Szerintem nem kell sokat várnunk, hamarosan megtudjuk.

– Ha lehet, én is szólnék – mondta a professzor. – Ben nem kényszerített a szöktetésre, támogattam őt mindenben, együtt terveltük ki az egészet.

– Én önök mellett állok, de nem én leszek az, akit meg kell győzni – mondtam a professzornak –, és örülök, hogy vigyázott Benre.

– Nem kell belevonni a bíróságot, szerintem meg tudunk egyezni az igazgatóval – hangoztatta Ben. – Apa tudja?

– Nem, még nem tudja, de ő ráér erről értesülni, nincs igazam? Ben lehajtotta a fejét és nagyot sóhajtott, majd a fiúra nézett, aki még mindig mélyen aludt.

– El sem tudjátok képzelni, mit éreztem, mikor láttam őt abban az ágyban kikötözve. Soha nem bocsátottam volna meg magamnak, ha magára hagyom. Sajnálom, hogy bajba sodortam magam körül mindenkit, vállalom érte a felelősséget, de úgy érzem, vigyáznom kell rá. Nem aggódik érte senki, mint ahogy akkoriban értem sem aggódtak.

Látva őt, mennyire össze van törve, mellé ültem és szorosan magamhoz öleltem. Éreztem, hogy a teste rázkódni kezd a sírástól, ezért annál szorosabban öleltem, mikor megzavart bennünket a csengőszó. Volt egy sejtésem, ki lehet, de nekem ő lesz az ütőkártyám.

Bazsó felajánlotta, hogy ő majd ajtót nyit, maradjak csak. Jól gondoltam: a háló ajtajában ott állt az ütőkártyám, két ápolóval az oldalán.

– Polgármester asszony, minek köszönhetem a látogatását a késői órákban?

– Toni, kérlek, engedd, hadd tegyék a dolgukat!

– Mi a dolguk? – ugrott fel az öcsém az ágyból, és az ápolók képébe ordított. – Hogy a betegeket kikötözzék az ágyhoz, benyugtatózzák és zaklathassák? Valóban ez lenne a dolguk?

– Ben, azért vannak itt, hogy visszavigyék az osztályra a beteget és az igazgató hozzám fordult, mert Toni a családtagod, nem intézkedhet az ügyben. Te is bajban vagy a szöktetés miatt.

– Ehhez nekem is lenne egy-két szavam, polgármester asszony. Itt még akkor is én vagyok a hatóság, és nem engedhetem, hogy ez megtörténjen.

- Tudom, hogy Ben az öcséd és védeni próbálod, de ne akadályozd a munkánkat, nyomozó.

- Rendben, de szeretném, ha megnéznéd a látleletet, amit a professzor készített, mikor ide hozták a fiút, és utána, ha még mindig úgy gondolod, elvihetik. Bár amilyen állapotban van, jobb lenne, ha igazi orvos kezelné, nem gondolod? A professzor megmutatta a képeket, melyeken jól látszottak Danielen a külsérelmi nyomok. Nagyon kikerekedtek a szemei. Rám nézett, és bólintott, hogy az ápolók azonnal hagyják el a házat, és üzeni, holnap délelőtt várja az intézmény vezetőjét az irodájában.

- Sajnálom, ezt nem gondoltam volna - mondta a polgármester asszony.

- Nem tudhattuk, hogy ez lesz, mint ahogy azt sem, Ben és a professzor mire készül. Ben szeretné elmondani, miként szorítanák sarokba az igazgatót. Úgy gondolom, jó terv, és mindenki jól jön ki belőle.

Mindannyian leültek az ágy köré és Bent hallgatták.

- Mikor a szobájához értem, láttam a kisablakon, hogy az ápoló simogatta, fogdosta Danielt, aki ki volt kötözve az ágyhoz és nem volt magánál. A telefonommal felvettem, és halkan belépve leütöttem a fickót. Mikor utoljára Tonival meglátogattuk, már akkor is ilyen állapotban volt. Nem tudom, mennyi nyugtatót kapott, de neki az halálos is lehet. Toni tudja, miről beszélek, nemrég ő mentette meg az életét. Az igazgató régi riválisom az egyetem óta, a professzort is gyűlöli miattam. Biztos vagyok benne, hogy a látogatás megakadályozása is az ő fejéből pattant ki, mivel a bíró nem hozott végzést erről. Ezt a régi sérelmei miatt teszi, így akar bosszút állni rajtam. Nem szeretném belevonni a bíróságot, de megfenyegetem az ügy kiteregetésével, hogy az ápolói zaklatják a betegeket, és hogy ő is tudott erről, de nem tesz ellene. Ha nem áll el a feljelentéstől és ír véleményt, hogy Dan elhagyhatja a kórházat, meghurcolom a nyilvánosság előtt, és soha többé nem dolgozhat betegekkel.

118

28. fejezet

Délelőtt az irodában kemény szavak hagyták el mindenki száját, de mikor az ügy kiszellőztetése szóba került, „kedves" riválisom visszalépett az összes vádtól. Szerencsére a ruhán nem találtak semmiféle nyomot, ami arra utalt volna, hogy a fiút szexuálisan molesztálták. El sem tudom mondani, micsoda megkönnyebbülés volt ez nekem, a tudat, hogy a kölyköt már senki nem bánthatja. Most már csak azon kellett gondolkodnunk, hol lakjon. Míg távol voltam, a professzor vigyázott rá. Még mindig kába volt, nem is tudta, hogy nálam van, a hálószobámban, az ágyamban, közel hozzám. Apa hazajött az utazásból, és Tonival eljöttek hozzám beszélni a kölyök további sorsáról. Nem mérges volt rám, inkább büszke. Azt mondta, otthon már beszéltek róla, és ha nekem is megfelel, Toni elvállalja a gyámságot és szeretnék, ha náluk lakna. Hely az van bőven – igaz, nálam is, de mégis csak itt van Alexa, mikor hazajön, és úgyis gyakran találkozhatunk. Örömömben Toni nyakába ugrottam, és öszszevissza csókoltam. Igaz, jobban örültem volna, ha nálam marad, de az, hogy a bátyám a gyámja lett, mindennél többet ért.

A kölyök lassan ugyan, de magához tért, és persze, hogy megint engem látott meg először. A szája a füléig ért, mikor rám nézett. Annyit mondott: „te tényleg egy őrangyal vagy, de többször már ne ments meg". Megleptek a szavai, de tudtam, ezt csak a keserűség hozta felszínre. Elmondtam neki a döntésünket. Örült, hogy lesz hova mennie, de megkérdezte, miért nem maradhat velem.

A klinikán a professzor egy hétig helyettesített, míg Dan rendbe jött, majd átvittem apáékhoz. Mondtam, bármikor meglátogathat otthon vagy akár a kórházban. Csak egy hívás, és ott leszek neki, ha szüksége van rám. Megkapta a régi szobámat, de ha szeretné, átalakíthatjuk. Tetszik neki a szoba, az ágy különösen, mert jó nagy, emlékezteti az ő régi ágyára, viszont a holmijáról teljesen elfeledkeztünk a sok történés miatt. Reménykedni tudtam csak, hogy Miklós nem gondolta komolyan, hogy elégeti a kölyök dolgait. Azon a ruhán kívül, amit még a szöktetéskor viselt, nem volt semmije. Toni elment a házhoz, hogy megérdeklődje a bőröndök sorsát, és sajnos a hír, amit hozott, megint csak letörte a kölyköm hangulatát. Mindene odalett, amit áthozott az Államokból. A ruhák nem is számítottak volna, de volt köztük fotó, olyasvalakié, akit már csak az emlékeiben tudott felidézni. Egy parfüm maradt az egészből, amit elhoztak, arra is csak véletlenül találtak a matrac alatt. Azon a napon a régi szobám újra gazdára talált.

29. fejezet

Üres volt a ház, mióta a kölyök nem lakott velem. Nem volt kinek reggelit készítenem, ápolnom és megágyaznom. Magányosnak éreztem magam, és közben újra hatalmába kerített a vágy. Most, hogy nem érezhettem a közelségét, tisztáztam magamban, hogy többet érzek iránta, mint ismerős vagy barát. Most már csak azt kellene megtudnom, ő hogyan érez.

Szép volt az otthon, ahol a fiúk felnőttek, de még nem éreztem a magaménak. Talán egyszer sikerül belaknom Ben régi szobáját. A bátyja megkért, szólítsam nyugodtan Toninak, mint ahogy más is teszi, nekem pedig azért tetszett, mert olyan amerikai feelingje volt. Megkérdeztem, az apját szólíthatnám-e esetleg nagyapának, mert soha nem volt nagyapám. Nagyon tetszett neki a kérés, és mivel neki sem volt unokája, örömére szolgált, hogy így szólíthatom. Az emeleti hálóm Tonié mellett volt és ez biztonságot nyújtott, mivel éjjel rémálmok gyötörtek. Próbáltam megnyugodni, de nem sikerült. Mindig ugyanaz a jelenet játszódott le bennem, mikor a cellában voltam elzárva és az a három fickó nekem esett. A pszichiátrián eltöltött idő sem tett jót a testemnek, lelkemnek.

Már két hónap is eltelt, a tizennyolcadik születésnapját is betöltötte, de még mindig gyötörték a rémálmai, mikor egyik éjjel a kiabálására ébredtem. Besiettem hozzá, és láttam az ágyban vergődni, kiabálni. Csurom izzadság volt az egész teste, még a haja is. Az ágyához léptem, és óvatosan ébresztgetni kezdtem. Próbáltam megnyugtatni, óvatosan a tenyereim közé vettem az arcát és beszéltem hozzá, lassan felráztam, hogy ébredjen fel. Párszor elismételtem, míg felébredt, de nagyon megijedt, mert az ágytámlához húzódott. Teste heves szívveréssel válaszolt a történtekre. Közelebb ültem hozzá, kértem, jöjjön közelebb, hogy nálam biztonságban lesz. Lassan közelített hozzám, és a vállamra hajtotta a fejét. Éreztem, hogy átölel, a pólómra fog, és belemarkol. Sírni kezdett. Szorosan magamhoz öleltem, mondogattam, „nem lesz baj, itt vagyok". Apa is felriadt, épp akkor lépett be a szobába. Láttam rajta, hogy a szíve összeszorul a látványtól. Kiment, majd egy vizes törölközővel a kezében jött vissza. Kicserélte Daniel izzadságtól nedves párnáját, majd óvatosan visszafektettem rá. Lemostam a verejtéket az arcáról és a testéről, majd betakartam. Úgy döntöttem, azon az éjszakán vele maradok. Talán a jelenlétem oldja a feszültségét és vissza tud aludni. Átültem az ágy melletti fotelba, magamra húztam egy takarót, és onnan figyeltem. Reggel, mikor felkeltem, ő még aludt. Lementem a konyhába. Apám már felkelt, kávéval várt. Mondtam, hogy ma nem megyek be az őrsre, még az éjjel írtam Bazsónak. Szeretnék itthon lenni, mikor Dan felébred, nem akarom egyedül hagyni az éjszaka történtek után.

– Hosszú menet lesz – mondta apa –, mire rendben jön, de azért vagyunk, hogy segítsünk neki.

A szavai jólestek, igazán gondoskodó volt. Nem tudtam, Ben hogy dolgozik, ezért csak írtam neki, hogy itthon vagyok, ugorjon be, ha ráér, Daniel is biztos örülne. Nem írt vissza, biztosan elfoglalt. Mozgolódást hallottunk az emeleti fürdőszobából, majd úgy félóra múlva Daniel jött lefele a lépcsőn a köntösömben. Elmosolyodtam a látványán és örültem, hogy jól van.

– Kölcsönvettem, remélem nem baj. Jó reggelt! – üdvözölt bennünket.

– Dehogy baj, igazán jól áll! – mondtam neki mosolyogva. – Veszünk majd neked is, addig használd nyugodtan.

– Az éjszakáért szeretnék bocsánatot kérni, nem tudtatok miattam aludni.

– Ne kérj bocsánatot, nincs miért, örülünk, hogy rendben vagy és vissza tudtál aludni. Szoktál kávézni? Mert akkor készítek neked.

– Igen, szoktam, köszönöm. Nem mész dolgozni?

– Most inkább veled maradok.

A nappaliba mentünk és beszélgettünk. Beszéltünk az iskoláról is.

- Hívtam az igazgatót és elmondtam neki az új helyzetedet, várnak vissza. Sok mindent nem mondtam el, majd személyesen beszélek vele. Szeretnénk, ha jól éreznéd magad nálunk és az iskolában is.

- Járhatok újra az edzőterembe? - kérdezte Daniel.

- Persze, hogy járhatsz. Most már Bent is ismered, akár vele is mehetsz. Írtam neki, hogy itthon vagyunk, ha ráér, jöjjön át.

- A suliba viszont kellene pár dolog, még ruhám sincs azon kívül, amiben Ben megszöktetett.

Láttam, elmosolyodik azon, amit mondott. Örültem, hogy tud rajta mosolyogni.

- Hát, ebben viszont Benre kell hagyatkoznunk, ő jobban érti a divatot, és tudja, hol skerül beszerezni dolgokat. Talán visszajelez, és együtt elmegyünk vele. Addig is találsz a szekrényében ruhát, amit még itt hagyott arra az esetre, ha itt alszik. Menjünk, nézzük meg.

Volt a szekrényben pár használható holmi. Bár a pólók kissé szűkek voltak, de igazán jól feszültek az izmaimon.

Talán Bennek is feltűnik majd. Reménykedtem, hogy ma délután talán láthatom. Már nagyon hiányzott a mosolya. Találtam rám passzoló farmert - még jó, hogy szinte egy magasak vagyunk -, de kabátom megint nem volt.

30. fejezet

Hosszú volt a délelőtt, két műtéten is túl vagyok. A szobámba érve láttam, Toni írt, hogy nem ment be dolgozni. Valami baj lehet, mert csak úgy nem maradna otthon. Gyorsan visszaírtam, hogy délután szabad vagyok, úgy három körül ott leszek. Rá sem mertem kérdezni, történt-e valami. Szerencsére nem jött közbe semmi és senki, így gyorsan autóba vágtam magam és hazasiettem. Mikor ajtót nyitottam, megkönnyebbülve láttam, mindketten jól vannak. Beköszöntem, s a kölyök arcát meglátva nagyon boldog voltam. Mikor megláttam a régi ruháimban, mosolyt csalt az arcomra. A póló épp ott feszült rajta, ahol kellett, és a nadrágban a hátsója igazán jól mutatott. Ez a látvány már nagyon hiányzott.

– Örülök, hogy tudtál jönni! – üdvözölt a bátyám. – Úgy gondoltuk, hármasban itthon lehetnénk, de aztán mégis el kellene mennünk, beszerezni pár dolgot Danielnek a sulihoz, és persze ruhák is kellenének. Beülhetnénk enni is valahova, ha neked megfelelne. Úgy gondolom, te jobban értesz a mai divathoz.

– Persze, mehetünk, de akkor most kellene cipő és kabát is. Mit fog felvenni, míg odaérünk?

– Egy pár sportcipővel és dzsekivel még én is hozzá tudok járulni – mondta Toni, majd a kölyköt maga után húzta a szobájába. „Kissé nagy a cipő, de legalább kényelmes lesz" alapon elindultunk vásárolni. Míg autóztunk, kiderült, Toni elintézte a havi juttatását a kölyöknek, hogy Miklós ne kaphasson belőle többé. A kártyáját átnyújtotta neki az autóban, amitől ő teljesen ledöbbent. Alig jutott szóhoz, és szerette volna, ha a lakhatásért cserébe Toniék kapnák a pénzt.

– Otthon megbeszéljük – zárta le bátyám a beszélgetést. Megérkeztünk a bevásárlóközpontba. Igazán jólesett, hogy két jóképű pasival az oldalamon mutatkozhattam ennyi ember előtt. Úgy éreztem, sokan megbámulnak minket. Toni a maga 190 centijével, sármos arcával és izmos testével kitűnt a tömegből.

Büszke voltam rá, hogy a nők megfordultak utána – mindhármunk után. Rég szórakoztam ilyen jól. A kölyöknek igazán jó ízlése volt, meg van hozzá minden adottsága, mert minden jól állt rajta. A próbafülkében dőltünk a nevetéstől. A személyzet körbeugrált bennünket. Igyekeztek teljes szolgáltatást nyújtani, olyannyira, hogy Toni kabátzsebébe telefonszámot is csempésztek. Majd' éhen haltunk már, mire összeszedtük a dolgokat. Kerestünk egy éttermet és alaposan belakmároztunk. Már későre járt, holnap hosszúnapos leszek a kórházban, ezért hazadobtam a srácokat és elköszöntem. Műtéttel indítottam a reggelt, három is volt egymás után. Délután volt időm kicsit visszavonulni a szobámba papírmunkát végezni, és meglepetésemre ki állított be? A kölyök. Remekül festett az új ruháiban. Majdnem lefordultam a székről, mikor megláttam. Az asztalomra támaszkodott, és olyan közel hajolt hozzám, hogy éreztem forró leheletét.

– Gondoltam, megmutatom magam, mivel eddig mindig csapzottan láttál. Mit gondolsz, magamon hagyjam vagy kibújjak belőle?

Olyan zavarban voltam, hogy csak nagyokat nyelni volt időm, válaszolni nem igazán. Levette a kabátját, miközben kulcsra zárta az ajtót. A köpenyem gallérjánál fogva felhúzott a székből és az ágyhoz vezetett. Leültetett, a falhoz nyomta a hátamat és azt mondta:

– Szeretnék a rémálmok helyett erről álmodni, de nem csak ezért vagyok itt, hogy feledtetésre használjalak – majd térdei közé vette a combjaimat, ráült, és a számra hajolt. Ajkai puhák voltak, és nagyon forrók. Szinte égetett a csókja. Államat megemelte és a szemembe nézett.

– Nem bírtam tovább – suttogta, majd újra megcsókolt, de még több szenvedéllyel. Tarkójára fogtam, és közelebb húztam magamhoz. Elkezdtem lehámozni róla a ruhát, miközben a fülébe súgtam:

– Nem érdekel, ha csak arra kellek, akkor sem hagynám ki, hogy érezhesselek.

Igazán jól csókolt, hosszan és szenvedélyesen. Míg az ajkai táncot jártak az enyémen, lassan kigombolta rajtam az inget.

Vállaimra húzta, és apró csókokkal árasztotta el a mellkasom. Ettől az érzéstől pillangók röpködtek a hasamban, mint ahogy a nagykönyvben meg van írva. Mikor apró harapásokkal kényeztette a mellbimbóimat, a légzésem kihagyott, elöntött a hideg és a meleg veríték egyszerre. Levettem a felsőjét és olyan közel húztam, hogy már éreztem a szívverését. A bőre hamvas volt és puha. Illatát meg akartam ízlelni. Mellkasára fogtam, és végigsimítottam. Lassan végighúztam az ujjaimat a még általam végzett varrat helyén. Ettől hangosan felnyögött, és hátrahajtotta a fejét. Újra végigsimogattam, és apró szívásokkal végigcsókoltam a hasát. Teste összerándult, és újra hangosan felnyögött. Édes volt a hangja: lágy, mégis férfias. Hajába markoltam, és forró csókba hívtam. Keze apró mozdulatokkal lehúzta a sliccem, majd az alsómra fogott. Vissza kellett fognom a hangomat, olyannyira élveztem. Meleg tenyere vágyat fakasztott belőlem, amit még soha nem éreztem férfiként. A szívem olyan hevesen kalapált, hogy szédültem. Feltérdelt, lehúztam róla a nadrágját és a fenekére markoltam. Hátsója izmosan feszült a combomon, apró lökéseket küldve az ágyékomnak. Szemébe néztem: izzott a vágytól, ahogy én is. Alsóinkon keresztül simogattuk egymást szenvedélyes csókokat váltva, míg nem bírtuk már, és arra eszméltünk, hogy meztelenül szeretkezünk.

Későre járt már, mikor próbáltuk magunkat úgy összeszedni, hogy szalonképesen tudjunk kilépni a szobából. Nem is érdekelt, hogy meglátnak bennünket, hisz' arra is csak most eszméltem, hogy nem zavart senki órákon át. Talán sejtették... nem érdekelt. Együtt hagytuk el a kórház épületét. Az autóban nem bírtuk tovább, és újra szenvedélyesen csókolóztunk. Nem tudtunk elszakadni egymástól. A kölyköt hazavittem, de alig vártam, hogy újra érezhessem.

31. fejezet

Lassan telt a hét, újra jártam suliba. Nem volt sok hátra, talán két hónap. Úgy tudták, balesetem volt, ezért hosszú kórházi kezelés alatt álltam. Az új otthonomról nem beszéltem, Toni csak az igazgatóval és az osztályfőnökömmel osztotta meg az igazságot. Nem akartam, hogy kivételezzenek velem és sajnálkozzanak felettem. Mikor Toni és nagyapa napokra elutaztak, Bennél laktam, de nem mint felügyeletre szoruló tinédzser, hanem szenvedélyes szerető szerepben osztotta meg velem az ágyát. Reggelente ha indult a kórházba, elvitt a suliba, és ha úgy végzett, értem jött. Úgy éltünk, mint a párok, csak rólunk nem tudott senki. Mígnem beütött az újabb hullám, és azt, aki felkavarta az állóvizet, úgy hívták, Alexa.

Nyári szünet lévén békésen szunyókáltam hercegem ágyában – még jó, hogy nem meztelenül –, mikor egyik péntek délután valaki ébresztgetett.

– Hé, kölyök, ébresztő! Mit keresel itt az ágyunkban, ki vagy te?

– Az ágyatokban? – néztem kábán a fiatal nőre.

– Igen, jól mondod, az ágyunkban, és egyáltalán, a házunkban.

– A házatokban? Ki vagy te?

– Alexa vagyok, Ben felesége.

Mintha jéghideg vízzel öntöttek volna nyakon, úgy ért a válasz. Nem tudtam szóhoz jutni, csak bámultam a nőre.

– Kimászol végre és elmondod, ki vagy te és miért alszol itt?

– Sajnálom, a szobámban kellett volna maradnom, de olyan egyedül éreztem magam, mikor Ben elment, ezért átjöttem a helyére. Még jó, hogy a másik hálóban meg volt ágyazva arra az esetre, ha nagyapa vagy Toni beállít, erre ki jött haza? Bennek felesége van! Kiugrottam az ágyból és magamra kaptam a nadrágom. Bemutatkoztam, de még mindig nem fogtam fel, kinek is.

– Daniel vagyok és Toni a gyámom, náluk lakom, de ők most elutaztak és addig itt vagyok, Bennél. Nagyapa megkérte rá, ne legyek hosszú ideig egyedül, és ő felajánlotta, hogy ilyenkor itt legyek.

– Nagyapa? Te aztán jól beloptad magad a szívükbe, ha így szólíthatod!

– Most jobb lesz, ha hazamegyek, Ben úgy is hamarosan hazaér, és holnap már Toniék is otthon lesznek. Nem lesz gond. Összeszedtem a cuccaim és elhagytam a házat. Talán örökre. Nem ültem buszra, sem taxiba, sétálni akartam, kiszellőztetni a fejemből a hallottakat. Órák óta bolyonghattam, mert beesteledett, azt sem tudtam, hol vagyok, csak mentem előre. A telefonomon vagy húsz nem fogadott hívás volt Bentől. Lehalkítottam, de úgysem vettem volna fel. Egyébként hogy van mersze kölyöknek szólítani?

Istenem, azt sem tudom, hol áll a fejem, annyira aggódom a kölyökért. Hogy fogadhatta, mit gondol rólam, merre lehet most? Millió kérdés fogant meg bennem, miközben még Alexa is folyton a kérdéseivel zaklat. Nem volt itthon vagy négy hónapja, persze, hogy nem tudott semmiről. Nekem pedig, hogy őszinte legyek, nem hiányzott. Elmeséltem neki röviden a történetet és mondtam, most szeretnék utánanézni, rendben hazaért-e a kölyök. Bevágtam magam az autóba és apáék házához mentem, de nem volt otthon. Vártam rá, hívogattam, egy óra is eltelt, mire megérkezett. Kisiettem elé, de figyelembe sem vett. Úgy ment el mellettem, mint valami kísértet, és becsapta maga mögött az ajtót.

32. fejezet

Bűntudatom volt, hogy nem beszéltem a kölyöknek Alexáról, de mivel nem volt állandóan jelen az életemben, nem is gondoltam rá, mert boldogabb voltam abban a négy hónapban, mint az eddig vele töltött idő alatt. Szerelem volt első látásra az egyetemen, lediplomáztunk, és három év múlva összeházasodtunk, de mikor felajánlották neki, hogy a pécsi orvosi egyetemen taníthat és az ottani klinikán dolgozhat, elfogadta. Nehezen, de belementem, és ennek már két éve. Megbeszéltük, hogy havonta találkozunk, vagy ahogy a munkánk engedi, de az ünnepeket mindig együtt töltjük és kikapcsolódni is együtt járunk. Most külföldön volt dolga, azért volt négy hónapig távol. Gondoltunk már rá, hogy elvállunk, mert ennek nincs értelme, de már megszokássá vált. Ezért nem tulajdonítottam neki sokat, és hát azzal a személlyel lehettem, aki boldoggá tett. Soha nem gondoltam volna, hogy férfi ilyen érzéseket válthat ki belőlem, de elcsesztem. Alexa most hazajött két hétre, azóta nem láttam a kölykömet. Nem veszi fel a telefont, nem ír vissza. Apa áthívott bennünket ebédre és reménykedtem, hogy láthatom, talán beszélhetek is vele. Alexát nagyon szeretik, ezért szívesen mentünk. Már az asztal körül ültünk, de ő nem jött. Minden reményem elszállt. Toni felment megnézni, merre lehet, mit csinálhat.

Megnéztem Danielt, miért nem tart velünk az ebédnél. Az ágyában feküdt fejhallgatóval a fülén, szemei csukva voltak. Persze, hogy nem hallott, látott semmit. Óvatosan megráztam a karját, mire kinyitotta a szemét. Mindig meglepődöm, még ennyi idő után is, ha rám néz hatalmas kék szemeivel, mint ahogy most is. Mosolyt csal az arcomra. Kértem, jöjjön le hozzánk, mert Benék megérkeztek, és Alexa szeretné megismerni.

Kimásztam az ágyból, de csak nagyapáék iránti tiszteletből. Elindultam volna lefele, ha eszembe nem jut, hogy Ben szemeit megcsillogtassam. Bűntudatott akartam kelteni benne, hogy elfelejtette megemlíteni: „nős vagyok, nem gond?" Ezért viszszafordultam átöltözni. Odaszóltam Toninak, hogy pár perc és lent leszek, kezdjenek nyugodtan enni. Nem gondoltam különösebb darabra, csak hogy érezze, ezek után mit fog veszíteni.

Mikor megláttam lefele jönni, a nyálam majdnem túlcsordult a látványtól. Tudtam, hogy azért csinálja, mert szeretne szenvedést okozni a történtekért. Mélyen kivágott, rövid ujjú felsőt viselt, ami úgy feszült rajta, hogy engedni látta gyönyörű felsőtestét. A heg a mellkasán, ami hasonlított egy rózsaszínű cipzárhoz, amit ha lehúznék, bepillantást engedne a szívébe. Istenem, vissza kellett fognom magam, hogy ne hallják hangos sóhajaimat. Farmerja mosolyt csalt az arcomra a rengeteg szakadással a combján, és pont ott volt feszes, ahol a legjobban domborodott. Haját felkötötte, kiemelve vele gyönyörű arcát. Szerettem, hogy mindig mezítláb közlekedik, még a lábfeje is gyönyörű. Köszönt majd leült közénk, távol tőlem, de pontosan szembe velem. Nem tudtam ránézni, annyira szégyelltem magamat a történtek miatt, és közben sóvárogtam a forró csókjai után. Míg ettünk, meg sem szólalt, Alexának is csak félszavakkal válaszolt. Tudtam, hogy haragszik rám és most büntet a látványával, miközben tudom, ő is szenved.

– Nem vagy valami bőbeszédű – jegyezte meg neki Alexa.

– Nincs mit mondanom, de ha kérdezni szeretnél, csak bátran, de inkább mennék, mert lenne még egy kis dolgom. Ha megbocsátotok, köszönöm az ebédet.

Majd felállt az asztaltól és felment a szobájába. Apa nem tudta, mire vélje ezt a szokatlan, visszafogott viselkedést, ezért felment utána.

Az ágyban feküdt csukott szemmel, zenét hallgatott, nem látta, hogy bementem. Lazán megérintettem a lábát, megijedt. Levette a fejhallgatót és megkérdezte, mi a baj.

– Nem tudom, mondd el te – kértem. – Nincs is dolgod, csak szabadulni akartál. Alig beszélgettél, és Bennel sem beszélsz már

130

két hete, pontosan azóta, hogy Alexa hazajött. Történt köztetek valami? Összevesztetek, esetleg Alexa bántott meg valamivel? Nem akarsz róla beszélni? Látom, Ben mennyire szenved, és ettől nincs jól, csak őrlődik belül. Jól ismerem. Nem tudtál Alexáról, igaz, és történt köztetek valami, ugye? Szemei kikerekedtek és csak nézett rám, még pislogni is elfelejtett.

– Úgy gondolom, ráhibáztam, igaz?

– Sajnálom, nagyapa, de nem kell aggódnod miattunk. Nem akarok bajt okozni.

– De aggódom. Nem szeretném, ha újra történne veled valami. Szeretném, ha boldog lennél, és Ben újra mosolyogna, mint régen. Jól éreztem a szikrát a fiúk között. Mikor rám nézett hatalmas kék szemeivel és az ajkai kissé elnyíltak, igazán szép volt. Nem csodálom, hogy elcsavarta Ben fejét. Elmondta, biszexuális, és elnézést kért, hogy úgy lépett be az életünkbe, hogy ezt nem közölte.

33. fejezet

Eltelt a nyár, újraindult az iskola, de nem is bántam. Bent alig láttam, sokat voltam egyedül, már nem akartam, hogy vigyázzon rám. Még mindig dühös voltam rá a történtek miatt. Tudtam, magamat csapom be, mert piszkosul hiányzott. Nem akartam magam körül megbántani senkit, de olyan volt, mintha senkim nem lenne, mint mikor minden elkezdődött. Edzeni is csak heti kétszer mentem, ügyelve, nehogy összefussunk. Magányos voltam és csüggedt. Érzelmileg bezárkóztam. A lelket az tartotta bennem, hogy felkeresett a zenekar, mikor újra összefutottunk az osztálytársakkal egy hétvégi bulin. Lehetőséget kaptam, hogy zenéljek velük, mikor nincs a dobosuk. A legjobbkor jött az ajánlat, kihúzott a zárkózottságból. Toni és nagyapa is támogatta, hisz' új oldalamat ismerhették meg, amiről soha nem beszéltem nekik. Volt, hogy Toni pár alkalommal eljött a közelebbi munkatársaival a szórakozóhelyre, megnézni, mit remekelek. Tudom, hogy volt benne egyfajta aggódalom a történtek és az életkorom miatt. Újra a régi, felszabadult érzés kerített hatalmába. Beleadtam mindent, amit csak tudtam, és sikerem volt. Minden alkalommal megtöltöttük a helyiséget rajongókkal.

Egy alkalommal ismerős társaság jelent meg a klubban. Ben volt, és pár ismert arc a klinikáról. Ő nem látott engem. Fogalmam sincs, tudta-e, hogy itt játszom, vagy csak betévedtek. Megkértem a zenekar vezetőjét, hogy szeretnék elénekelni egy-két dalt, ha lehetne, s ő beleegyezett. Mikor elkezdtünk játszani, elcsendesedett a beszéd, mindenki ránk figyelt. A dal, amit választottam, neki szólt. A szövege és a dallama lágy volt és érzelmes. Mikor elkezdtem énekelni, láttam, felfigyelt, talán a hangomra, mert ő még mindig nem látott engem. Közelebb jött a színpadhoz, tekintetünk találkozott. Akkor, ott újra fellobbant bennem valami. A vágy, ami kínzott, mióta nem beszéltünk. A vágy, ami erősebb volt mindenféle haragnál, legyőzött. Akkor este megvárt a parkolóban, és az autójában hosszan szeretkeztünk.

Eljött újra a karácsony, megrohantak a régi, rossz emlékek. Ez más lesz, mondták, és én elhittem. Mint minden évben, Alexa szüleinél ünnepeltek, ahol összegyűlt a rokonság. Ilyenkor több napot is ott töltöttek, kikapcsolódtak. Engem ez kicsit frusztrált, mert hát mégis csak Ben apósáék, aki velem csalja a lányukat. Alexa megérkezett és másnap továbbindultunk, hogy én is kivegyem a részem a családi programból. Ben autójával mentünk. Hátul ültem nagyapa és Toni között. Az első félórában kidőltem Toni vállán. Annyit még hallottam, mikor megjegyezte: – Hogy lehet ennyit aludni? Nagyapa csak nevetett, hogy „ennyi idősen te is ezt csináltad". Felébredtem, még mielőtt odaértünk. Hatalmas épület volt, rengeteg izzó díszítette. A házban több hálószoba is volt, mert Alexának volt egy nővére, aki a családjával szintén itt ünnepelt, és egy öccse, aki alig volt idősebb nálam. Tizenegyen ültük körbe a vacsoraasztalt. Kínosan éreztem magam, de Ben megnyugtatott. Lesznek még rajtam kívül, akivel el lesznek foglalva. Az este csendesen telt, a fiú szobájában kaptam helyet. A fát holnap délelőtt díszítik, míg a konyhában készül a vacsora. Kipihenten ébredtem, a reggelit együtt fogyasztottuk mindannyian. A nappaliban volt egy gyönyörű zongora, a régi otthonom emlékeit idézte fel bennem. Megkérdeztem, játszhatok-e, rajta míg a fát díszítik. Gondoltam, feldobom a hangulatot pár karácsonyi dallal. Mindenkinek tetszett az ötlet. Alexa apja értékelte a tudásom, mert a családban csak ő tudott rajta játszani. Nagyon élveztem, és úgy éreztem, a családot megvettem a játékommal. Aztán a hullámok a fejem felett megint öszszecsaptak. Elteltek az ünnepek, de még maradtunk szilveszterig. Egyik este egyedül voltam a szobában, a srác a haverjaival találkozott. Már félálomban voltam, mikor éreztem, hogy valaki simogat. A pólóm alá nyúlt, és a nadrágomon keresztül rásimított a férfiasságomra. Jólesett, azt hittem, Ben surrant be, de mikor kinyitottam a szemem és szembenéztem az illetővel, megszólalni sem bírtam. Alexa tizennégy éves unokahúga volt. Kiugrottam az ágyból és kértem, menjen ki a szobából, mert ebből még baj lesz. Erősködött, hogy nem tudja meg senki, de én nem akartam tőle semmit. Nagy nehezen kiraktam a szobából, de az ajtót bezárni nem tudtam, mert ki tudja, a srác mikor ér haza. Egész éjjel éberen aludtam, nehogy újra bejöjjön hozzám. Reggel, mire felkeltem, már mindenki lent reggelizett. Mikor köszöntem, csak méregettek, még Ben is rosszalló pillantásokkal illetett. Ahova néztem, csak megvetést láttam a szemükben. Egyedül nagyapa jött oda hozzám, mert látta, mennyire értetlenül állok a dolog előtt.

– Gyere, ülj le és mondj el mindent nekünk – mondta, majd az asztalhoz kísért.

– Mit kellene elmondanom? Nem tudom, miről beszélsz. Félve néztem körbe.

– Nem tudod, mit kellene elmondanod? – förmedt rám Alexa apja.

– Még van pofád úgy tenni, mintha semmi sem történt volna! Beengedtelek a házamba, a családom közelébe, és ezt tetted!

– Még mindig nem tudom, mit tettem – mondogattam, miközben éreztem, elgyengülök.

– Molesztáltad az unokámat, te erkölcstelen senkiházi! Takarodj innen, mielőtt magam hajítalak ki!

– Én biztos vagyok benne, hogy nem történt ilyesmi! – kelt védelmemre nagyapa. – Ben, igazam van? Mondj valamit! – szólt hozzá nagyapa, de ő csak bámult, hogy jól hallotta-e, amit mondott neki: apja tud kettőnkről.

Mikor meghallottam, mivel vádolnak, csak kapkodtam a levegőt. Most helyben megfulladok. Felálltam, próbáltam védekezni, de nem hallgattak meg. Toni erősen a karomra fogott és kivezetett a nappaliba.

– Nem hiszem el, hogy megtetted! Mondd, hogy nem igaz!

– Mit tettem és miért tettem volna? Nem bántottam senkit sem most, sem akkor, egy évvel ezelőtt, de hiába mondok bármit, nem hiszel nekem! Nem emlékszel? Mindig engem zaklattak! Azt mondtátok, most más lesz – elhittem! Gyűlölöm ezt az egészet, a karácsonyt!

Kitéptem magam a kezei közül, felrohantam a cuccaimért, cipőt húztam, és a kabátomat kezembe fogva kirohantam a házból.

- Daniel! - kiabáltam utána, de már késő volt.

- Fiúk! - szólt hozzánk apánk. - Ugye tisztában vagytok vele, hogy akkor is így kezdődött, és hogy újra megtörténhet? Meg kell találnunk őt, mielőtt nagyobb baj lesz. Toni nagyon elkeseredett, utánarohant, de már nem látta sehol.

- Meg kell találnunk, hogy történhetett mindez? - kérdezgettem magamtól. - Bízott bennünk, hogy más lesz, de mi nem szavaztunk neki bizalmat.

Mindenki elcsendesedett a konyhában, értetlenül álltunk az eset előtt. Láttuk, hogy a kislány megszeppent a hallottaktól - szerintem hazudott, de már késő volt: a kölyök lelépett, és ki tudja, hová megy.

34. fejezet

Még ő sem hitt nekem, nem állt ki mellettem. Hogyan is tette volna, hisz' még magáért sem mer kiállni. Ezekkel a mondatokkal a fejemben futottam az utcán. Nem tudtam, merre vagy hol vagyok, de el innen, minél messzebbre. Fáztam, mert még a kabátomat is csak a kezemben szorítottam. Megálltam, magamra vettem, és megnéztem, merre is vagyok. Keresnem kellett egy helyet, ahova elbújhatok a nyomorúságos életem elől. Nem akartam itt maradni, sem visszamenni a fővárosba. Még jó, hogy a telefonom nálam volt. Kerestem valamilyen közlekedési eszközt, amivel elhagyhatom a helyet. A legközelebbi buszállomás alig negyedóra volt, nekiindultam és úgy döntöttem, a legelső induló járatra, bárhová is visz, felszállok. Vennem kellett le készpénzt, mert a kártyát le tudják követni. Elértem a buszpályaudvarra, kerestem automatát és az első járatra, ami indul, megvettem a jegyet. Úgy tudtam, elég nagy város Debrecen, és alig egyórás az út. Nem akartam rágondolni, de megint magamra maradtam. Nem tudom, mit vétettem, de kapok érte rendesen. Lesz ez jobb egyáltalán? Minek is küzdök ellene? Akárhol vagyok, akármit csinálok, mindenhol utolér valami rossz, valami teljesen kikészít és meggyötör újra és újra. Még útközben kerestem szállást. Nehezen, de találtam egy hotelt, ahol akadt még hely.

A recepción egy körülbelül Ben korabeli srác fogadott. Mondtam, nemrég foglaltam le a szállást, de mikor kérte a személyimet, kiderült, hogy én erre nem is gondoltam. Hiába töltöttem be a tizennyolcat, nem tudtam okmányok nélkül igazolni. Kértem, nézze el nekem és mindent kifizetek, csak hadd foglaljam el a szobát. Nincs hova mennem, szükségem van rá. Megenyhült a szíve, mert még a születési évemet is átírta. Mondtam, nem okozok bajt, ki sem jövök a szobából, csak enni, de ha lehet oda kérni, azt is elfogadom. A szoba szép volt, de nem volt már igényem, lassan kiöltek belőlem mindent. Teljes ellátást kértem, és mivel ebédidő volt, lementem az étkezőbe. Megtelt a helyiség, hisz' lassan elérkezett a szilveszter. Gondoltam, rendezvényre jöttek, de mint kiderült, ebben a szállodában nem lesz más, csak vacsora. A közelben lévő szórakozóhelyen lesznek a partik. Eszembe jutott a zenekar: ők is játszanak a klubban, de most nem volt rám szükségük. Olyan voltam mindenkinek, mint egy kiegészítő darab. Ha kellek, hívnak, ha nem kellek, mellőznek. Mint valami tartalék kispárna. Kikapcsoltam a telefonom, nem akartam, hogy megtaláljanak. A srác a recepción kedves volt velem, kérdezte, hogy ízlett az ebéd és hogy kerültem ide. Volt egy nézeteltérésem a családommal és eljöttem a házból, csak ennyit osztottam meg vele. Nem akartam, hogy rám találjanak, tudtam, nem adnak ki információt, de kértem, hogy segítsen ebben.

– Megteszem, amit tudok – ígérte.

Három nap múlva szilveszter, jó lenne kicsit kikapcsolni annak ellenére, hogy nem érzem magam túl jól a történtek miatt. El akarok felejteni mindent egy kis időre. Segítségemre sietett a srác, mikor kifaggattam a lehetőségekről. Végzett a műszakjával, és este elvitt magával egy bárba. A hely nagyon bejött, de csak inni akartam. Azt mondják, az segít felejteni. Jó volt a társaság, a zene, és persze az ital. Kipróbáltam pár koktélt, amit vettek nekem, felderített és feledtetett velem dolgokat olyannyira, hogy a szállóba kellett kísérni, mert alig álltam a lábamon. Arra emlékszem, hogy ketten is fogtak, nevetgéltek körülöttem, szólongattak, de hogy mikor és hogyan kerültem az ágyba, nem emlékszem.

Délelőtt volt már, mikor magamhoz tértem, és valaki feküdt mellettem. Ő hozott vissza, a srác a recepcióról. Lassan ő is ébredezett, kissé értetlenül néztem rá, de megnyugtatott. Késő volt, és nem volt már ereje hazamenni, délután úgyis ő lesz szolgálatban. Megköszöntem az estét, hogy visszahozott a szállásra, és mondtam, hogy nem emlékszem semmire, de remélem, nem hoztam kellemetlen helyzetbe. Csak mosolygott, mikor felült az ágyban. Igazán jól nézett ki, izmos teste és vonzó tekintete maradásra bírták a pillantásomat. Nagyon megbámulhattam, mert a tekintetünk találkozott.

– Tetszem neked? – kérdezte.

– Igen, bejössz nekem – válaszoltam. Csodálkoztam magamon, hogy ilyen őszintén rávágtam a választ. Közelebb hajolt hozzám és megkérdezte:

– Akkor nem bánod, ha megcsókollak?

Mire válaszolthattam volna, az ajkaink már felfedezték egymást. Ott, akkor nem akartam jó fiú lenni. Mivel nem tartoztam senkihez, csak érezni akartam őt. Spontán szexet, ahogy érkezett, és élvezni minden percét, minden érintését, ami villámként hasított át a testemen. Nem akartam gondolkodni, csak hagytam, hogy megtörténjen. Hosszan és teljes odaadással szeretkeztünk. Más volt, mert eddig szerelemből tettem, de jólesett a törődése. Elhessegettem a gondolataimat és csak vele foglalkoztam. Odaadtam minden tudásom, hogy jól érezze magát velem és ne okozzak csalódást.

– Van még egy órám a műszakig – mondta. – Letusolok, ha nem bánod, és kölcsönveszem a köntösöd. Később hozok neked tisztát. Munkaruhám van a szekrényemben, át tudok öltözni. Kérlek, ne szólj erről senkinek, nem akarom, hogy kirúgjanak.

– Dehogy, miért akarnék neked rosszat, hiszen jól érzem magam veled.

– Köszönöm, én is így érzek, és igazán finom voltál. Akarsz velem zuhanyozni? – kacsintott rám huncutul.

– Még szép! – ugrottam ki az ágyból, és követtem őt a fürdőszobába, ahol az intimitás átvette a hatalmat felettem.

35. fejezet

A személyzet megkezdte a szilveszteri vacsorához a készületeket. Segítettem a díszítésben, úgyis csak unatkoztam, mivel a személyes recepciósom szabadnapos volt. Ha nem ment haza, együtt töltöttük az éjszakát. A bárban volt egy zongora, ritkán használták. Szemügyre vettem, kicsit hamis volt. Hangolni kezdtem, mikor rám szóltak: el a kezekkel, még kárt teszek benne. – Szó sincs ilyenről – mondtam –, értek hozzá. Megengedték, hogy újrahangoljam és kipróbáljam. Jó érzés volt újra játszani. Megint megrohantak az emlékek, de most a szívemből játszottam. Mire felnéztem, a személyzet állt körbe és fülig érő szájjal mosolyogtak. Igazán elbűvölte őket a játékom, mondták. Megkérdezték a tulajt, hogy engedné-e, hogy míg a vendégek iszogatnak, közben játsszak. Tetszett neki az ötletük, beleegyezett. Játszottam vidámat, érzelgőst, mindent, ami eszembe jutott. Kérhettek is a vendégek, ha ismertem, eljátszottam. Én lettem a szálló bárzongoristája. Nagy figyelmet kaptam, a szilveszter napját szinte végigzongoráztam, és meglepetésükre énekeltem is. A tulaj hálás volt, hogy a vendégek visszajöttek a szállóba a közelben lévő partiról, mert úgy érezték, jobb nálunk a hangulat. Fizetni akart érte, de csak annyit kértem, maradhassak, amíg akarok.

Toni a két ünnep között a nyíregyházi kollégákkal kereste a kölyköt, de nyoma veszett. Nem tartózkodott már a városban. Minden szállót felkerestek, de hiába. Hazautaztunk a fővárosba, de otthon sem járt. Bárhol lehetett az országban. A szilvesztert a kórházban ügyeletet vállalva töltöttem. Alexa szeretett volna szórakozni, de nekem nem volt kedvem hozzá. Akkora barom vagyok, amiért hagytam, hogy elmenjen. Csalódást okoztam neki, és talán apámnak is, aki tud kettőnkről. Vajon merre van és mit csinál? Van hol aludnia? Rengeteg kérdés motoszkált a fejemben. Toni országos segítséget kért, de diszkrét kivitel-

139

ben, ahogy ő fogalmazta. Nem akarta még jobban elijeszteni a kölyköt. Beköszöntött az újév, semmi jót nem hozott. Pár nap és megkezdődik a suli, de Daniel nem volt sehol. Talán akkor, ott, el kellett volna mondanom, mi van köztünk, felvállalnom a kapcsolatomat a kölyökkel. Semmi értelme az életemnek nélküle, és a házasságom már csak színlelés.

Elteltek az ünnepek. Jobban sikerült, mint terveztem, de hiányzott Ben. Bekapcsoltam a telefonom: rengeteg értesítés, hívás ütötte meg a fülemet. Ben, nagyapa és Toni kérte, menjek haza, minden megoldódott, bocsánatot kérnek, hogy nem hittek nekem. Ezen kicsit felhúztam magam, ki is kapcsoltam újra. Betöltöttem a tizennyolcat, itt attól kezdve nagykorúnak számítok, de lesz vajon valaki, akivel ezt megoszthatom? Egyik este a személyes recepciósommal sétáltam, mikor éreztem, kapar a torkom, fáj a fejem és köhögtem. A szállóba mentünk, mire beértünk, egész elgyengültem. Valószínűleg megfáztam, mondta, ezért ágyba parancsolt. Velem maradt éjszakára, de már akkor éjjel belázasodtam. Emlékszem, borogatást tett a homlokomra és megmérte a lázam. Magas volt, hol melegem volt, hol meg akartam fagyni. A reggelre már nem emlékszem.

Alig aludtam valamit, mert Dannek magas láza volt, és reggelre, mikor ránéztem, rosszabbul lett. A tulajhoz siettem és kértem, hívja az orvost, aki a vendégekre is figyelni szokott. A doki félóra múlva már a szobában vizsgálta. Torokgyulladása volt, és ez okozta a magas lázat, de még ő sem találkozott olyannal, akinek ilyen magas a lázcsillapító után is. Az egész teste verejtékezett, már attól féltünk, lázgörcsöt kap. A doki egyszerű lázcsillapítót adott neki, és a köhögésére még valamit, hátha „többet árt, mint használ" címszóval. De tényleg csak ártott.

– El kell érnünk a hozzátartozóit – mondta egy idő után –, mert komoly dologról lehet szó, hogy nem reagál a szervezete. Megkerestem a telefonját. Szerencsére fel tudtam oldani Daniel hüvelykujját használva, ahogy azt láttam tőle. Az elsőt, aki a listán szerepelt, Ben dokinak hívták. Megörültünk. Azonnal hívtam a számot és mikor felvette, átadtam a dokinak. Elmondta, mi a baj, és Ben doki már sorolta is, mit kell tennünk. Kérte, folyasson le a doki infúziót, hogy átmossa a szervezetét. Azonnal indul, körül belül két óra, addig le is folyik egy palack, mondta.

Mikor megláttam a kölyök nevét a telefonomban, nagyon megörültem, de mikor más szólt bele és mondta, miért hív, még a levegő is kiszorult a tüdőmből. Épp a kórházban voltam, reggeli műszakot kezdtem. Azonnal hívtam a bátyámat a jó és roszsz hír miatt.

– Húsz perc, és ott leszek érted – mondta. A professzor velem volt reggel, hallotta, mi történt, és felajánlotta, átveszi a helyem, hogy el tudjak menni a kölyökért. Toni alig negyedóra alatt a kórház elé ért, épp összeszedtem pár dolgot, beültem, és már be is kapcsolta a rendőrségi villogót, aminek hála gyorsan kijutottunk a városból. Útközben felhívtam apát, hogy mi történt, és jelentkezünk, ha odaértünk. Hallottam elcsuklani a hangját a telefonban: örömében sírt. Az utat Toni vezetési stílusával alig másfél óra alatt megtettük. A szállóhoz érve elkapott a félelem, amit akkor éreztem utoljára, mikor kihoztam a pszichiátriáról. Az ajtó előtt megtorpantam; nem akartam megint olyan állapotban látni őt. A szobában hárman voltak, akik aggódtak érte. Mikor megláttam, elgyengültem. Toni már a kezét szorította, mikor én még csak messziről figyeltem. Csúnyán köhögött, arca verítéktől csillogott, a légzése nehézkes volt és gyenge. Egy srác törölgette a homlokát és a testén táncoló izzadságcseppeket. Dühös lettem, elindultam az ágya felé, hátrasimítottam a haját és a homlokára tettem a kezem. Forró volt, szinte égetett, de bennem a féltékenység jobban izzott, mint azt gondoltam. Bemutatkoztam a helyi orvosnak, elmondtam Daniel testi reakcióit. Jól érezte, hogy nem szabad beavatkoznia, mert csak ártana a fiúnak. Lázcsillapítót kapott injekcióban, az infúzió lefolyt, mire odaértünk. Többet egyelőre nem tehetünk érte.

– Haza kell őt vinnünk – mondtam a bátyámnak. – Otthon rendbe jön, és amúgy is tisztázni kell a dolgainkat.

Vártunk még, hogy az újabb infúzió lefolyjon, majd lemosdattuk és felöltöztettük. A srác összeszedte a holmiját, de láttam rajta, mennyire nem akarja elengedni őt. Nem tudhatta, hogy én milyen közel állok ahhoz a személyhez, akit arcon csókolt, mikor Toni az ölében kivitte a kocsiba. Elnéztem neki, mert megértettem milyen nehéz megválni ennyi szépségtől. Megígértem, ha már jobban lesz, felhívja, vagy akár érdeklődjön nálam az állapotáról. Telefonszámot cseréltünk, megköszöntük, hogy vigyáztak rá, majd elindultunk haza. A hátsó ülésre fektettük, a fejét az ölembe vettem. Alaposan betakartam, nehogy még jobban megfázzon. Az út alatt többször kinyitotta a szemét, de úgy éreztem, nem tudja, hol van és kivel. Annyira kiszolgáltatott volt, bármi megtörténhetett vele, mikor ilyen állapotba került, és kihasználhatták a gyengeségét. Szerettem volna mindig vele lenni, hogy senki ne árthasson többé neki, de nem tudtam kilépni az árnyékomból.

36. fejezet

Hazaértünk, apa már előkészítette az ágyát. Toni óvatosan felvitte az emeletre és lefektette. Levetkőztettük, és be is kötöttem egy újabb infúziót. Akkor délután fel sem ébredt. Aggódtunk érte, mindhárman a szobájában vártuk, hogy legyen változás. Mindenki kidőlt estére, de Daniel láza még tartotta magát. Másnap reggel nyitotta ki a szemét és nézett körbe meglepődve, hol is van, mikor megpillantott engem. Szája mosolyra húzódott. Szerettem volna magamhoz ölelni, de Toni előtt nem mertem. Hozzá léptem, és megsimogattam az arcát. A láza lejjebb ment, de még kellett neki idő. A kórházban a professzor megint a segítségemre sietett mikor helyettesítésről volt szó. Sokszor elgondolkodtam már, hogy két apám van, ahogy a kölyöknek is. Mesélte, hogy az igazi otthonában Marcus apjára ugyanúgy számíthatott, mint a sajátjára. Talán azért is állunk olyan közel egymáshoz, mert egy a sorsunk. A napokat, míg jobban lett, vele töltöttem. Apával sokat beszélgettünk Danielről, amiről Toni nem tudott semmit. Apa diszkréten kezelte a kapcsolatunkat és csak annyit jegyzet meg nekem, azon gondolkodjak el, hogy fel tudom-e vállalni nyíltan Danielt mindenki előtt, és mennyire fogja megváltoztatni az eddigi életemet. Sok mindennel kell szembenéznem, mivel a társadalom nem éppen elfogadó ebben a témában. Úgy hozzak döntést, hogy Daniel se maradjon kétségek között, hogy nem lépek vissza, mert nem tudom kezelni. Ott kell lennem, mikor csak egy ölelést kér, akár előttünk, akár az utcán.

– Nem kell nyilvánosan mutogatni a kapcsolatotokat, de lesznek mindig rossz megjegyzések, amelyek megpecsételi az életünket.

– Nem tudom, a bátyádnak milyen a hozzáállása, de úgy érzem, nagyon szeret mindkettőtöket – mondta apám.

– Tudom, mennyire védelmező, de még így sem merem elmondani neki, és hát ott van Alexa. A házasságom már csak papíron létezett, és talán eddig nem is gondolkodtam azon, hogy míg ő hónapokig távol van, hűséges marad-e hozzám. Nem tehetek neki szemrehányást, mikor én már félreléptem, és mikor Danielt az ágyunkban találta, hát az sem most volt.

– Támogatom a döntésedet, akármi is legyen az, de jól gondold át – mondta apám. – Szeretem Alexát, de ha nem is vállalod fel Dant, a házasságotok akkor sem lesz már rendben. Azt szeretném, hogy boldog légy, akár vele, akár nélküle, a döntés a te kezedben van. Most pedig menj és legyél vele, mert neki a legnehezebb.

Apa szavai nagyon szíven ütöttek. Megöleltem, ő homlokon csókolt. Felmentem a kölyökhöz, szemei csukva voltak, egyenletesen vette a levegőt. Hosszú ideje nem láttam már mosolyogni – talán az ünnepek alatt. Eszembe jutott a srác a szállodából; biztos voltam benne, hogy történt köztük valami, de vessek magamra. Miért hagytam, hogy megtörténjen a bizalom elvesztése, mikor ő teljesen egyedül maradt a vádakkal szemben? Még nem beszéltünk, nem volt elég jól hozzá. Tisztában volt vele, hogy hazahoztuk, de nem mondott semmit. Ha meg nem betegszik, talán ott marad örökre azzal a sráccal, aki gondját viselte, de felhívott engem, kockázatot vállalva, hogy elveszítheti őt. Több bizalmat kapott tőle abban a pár hétben, mint tőlem? Nem gondolkodtam többet, mert megfájdult bele a fejem. Mellé bújtam, vállai alá nyúltam, és kissé közelebb húztam magamhoz. Felébredt, felnézett rám, fejét a vállamra hajtotta és becsukta a szemét. Az sem érdekelt, ki lát meg így bennünket, de nem is volt időm ezzel foglalkozni, mert érezve őt, a közelségét és a szívverését, elaltatott.

37. fejezet

Daniel rendbe jött testileg, de a lelke mélyén megint csak megsérült. Közelgett a születésnapja, február közepe. A régi rossz emlékek még rásegítettek a közérzetére. Egy évvel ezelőtt még minden a helyén volt az életében, míg jött egy hatalmas hullámtörés, ami attól kezdve többféle formában nehezítette meg az életét. Hány ilyen törést lehet elviselni egy embernek az életében úgy, hogy az illető alig tizennyolc éves? Próbáltuk kitalálni, mi legyen az ajándék a kölyök születésnapjára. Nem akart semmi különös dolgot, csak szeretett volna együtt lenni velünk, ezért vacsorázni és utána szórakozni mentünk. Négy jó kinézetű pasas egy vacsoraasztalnál! Igazán feltűnő társaság voltunk. Toni elintézte neki a magyar személyit, amivel beléphet a 18 pluszos helyekre. Jobban örült neki, mint valami drága ajándéknak. Vele tartottam arra a helyre, ahova akkor ment, mikor először járt a fővárosban. Mikor bejött hozzám a kórházba megköszönni a segítségemet, de nem találkoztunk. Mindketten ittunk, de nem részegedtünk le. Tudatában voltunk, akármennyire is haragudott rám a kölyök, éjszaka egymás karjaiban kötöttünk ki. Alig múlt éjfél, hazamentünk hozzám. Annyira kívántuk a másikat, hogy egész éjjel szeretkeztünk. Nem tudom, megbocsátott-e vagy csak a szex hiányzott neki, de annyi kihagyott idő után újra működött a kémia. Kezdett minden visszaállni a régi kerékvágásba. Elkezdte újra az iskolát – csoda, hogy visszavették. Többet volt nálam, mint odahaza Toniékkal, bár ő és apa sokat voltak távol. Apa nyugdíjasként is sokat járt be a bíróságra, szükség volt még a tanácsaira.

Egyik este a zuhany alatt csábításon törtem a fejem. Ben már ágyban volt, a laptopján dolgozott. Megtörölköztem és felvettem egy alsót magamra, de a hancúrlécemből kivillantottam kicsit a naciból. Indultam volna a hálóba, mikor meghallottam, hogy valakivel beszélget. Beálltam az ajtóközbe és lassú mozdulatokkal jeleket küldtem az ágyban ülő szexistennek. Felnézett rá, kivillantotta szexi mosolyát, nyelvével körbenyalta a száját és beharapta az alsó ajkát. Alig bírtam magammal. Mindig megőrjít, mikor ezt csinálja, de most, mikor meghallottam a beszélgetőpartnere nevét, ott alul le is kókadtam. Visszafordultam a fürdőszobába, magamra kaptam a köntöst, visszalépve az ajtóba válaszul a fejembe húztam a kapucniját, majd lementem a nappaliba. Bekapcsoltam a tévét, és durcásan ledobtam magam a kanapéra.

Alexával betegről konzultáltunk, véleményt kért tőlem és szólt, hogy a hétvégén hazajön, intéznie kell dolgokat. Mikor a kölyköm meghallotta a nevét, bedurcizott és faképnél hagyott. Úgy félóra múlva elköszöntem Alexától és elindultam a földszintre. A tévé halkan szól, de Daniel már aludt. Olyan édes volt a kapucniból kilógó fürtjeivel, hogy legszívesebben felfaltam volna, ehelyett kerestem egy takarót és betakartam. Kikapcsoltam a tévét, felmentem és bebújtam az ágyba. Gondoltam, ha így döntött, nem fogok összebújva kuporogni a kanapén. Reggel majd kiengesztelem, ha hagyja magát.

Reggel én már javában elkészültem, mikor a kölyök még mindig az igazak álmát aludta. Finoman ébresztgettem, de inkább hasra fordult és aludt tovább. Biztos voltam benne, hogy ébren van, csak még játssza a sértődöttet.

– Nem gond – mondtam jó hangosan –, el fogsz késni az iskolából és nem lesz, aki bevigyen, mert én félóra múlva indulok.

Na, akkor aztán fordult a kocka, abban a pillanatban megfordult és kiült a kanapéra. Tudtam, csak színlel, mosolyodtam el még mindig durcás arcán.

– Sietek, csak várj meg, kérlek! – mondta, és elment letusolni.

– Ha sietsz, még reggelit is kaphatsz! – kiabáltam utána.

– Beeen, be tudnál jönni? – kiabálta olyan hangosan, hogy összerezzentem.

– Mi a baj? – siettem be hozzá. – Mi történt? – kérdeztem, mikor láttam, hogy háttal állt a zuhany alatt és csak a fejét fordította oldalra.

– Baj van idelent, meg tudnád nézni?

– Megijesztesz, mutasd! – kértem, mikor fura arcot vágott hozzá. Lassan megfordult, én közelebb léptem, és ekkor mit tett? Behúzott a zuhanyzóba, egyenesen a zuhogó víz alá úgy, ahogy voltam, ruhában.

– Daniel, ezt most miért? Sietnem kell a kórházba, megbeszélésünk lesz. Most hogy nézek ki, el fogunk késni mindketten!

– Ezt az estiért kaptad, és nem érdekel, ha elkésünk! Fejezd be a kiabálást! Kívánlak, jobban, mint valaha eddig.

Közelebb húztam magamhoz és ajkaira tapadtam, miközben két kezemmel a ruháitól megszabadítottam. Nézett rám hatalmas szemekkel, még pislogni is elfelejtett és hagyta, hogy azt tegyek vele, amit csak akarok. A forró víz felszabadította bennem az adrenalint olyannyira, hogy a szívem és az agyam együtt dolgozott azon, hogy aki alattam vonaglik, a legjobbat kapja belőlem.

Még soha nem láttam Bent ennyire élvezni a helyzetet. Teljesen átadta magát a szenvedélynek. Minden porcikája azt üzente: kérek még, ne hagyd abba. Nem tudom, mennyi ideje lehettünk bent, már alig maradt erőnk, és kidőltünk a fürdőszoba padlójára. Alig kaptunk levegőt a kimerültségtől és a párától, ami uralta a helyiséget.

– Most már biztosan elkéstünk – nevettem fel, amennyire az erőmből futotta. Ben rám nézett, és szorosan hozzám bújt. Hátulról átölelt, mint két kifli a padlón, amik eláztak az esőben, csak mi a boldogságban úszunk.

– A legjobb része vagy az életemnek – súgta a fülembe, és még szorosabban ölelt. Akkor, ott nem tudtuk, mit tegyünk, de azt igen, hogy nem akartunk egymástól elszakadni.

38. fejezet

Nem tudom, mennyi ideje feküdtünk a padlón, de már fáztunk. Összeszedtük magunkat és elindultunk a dolgunkra. Én lemaradtam az első két óráról, Ben viszont mindenről, mert mikor beért a kórházba, két óra múlva érte kellett mennem, mert nem érezte túl jól magát. A professzor felhívott, hogy érte tudnék-e menni, mert nem éri el a többi családtagot. Belázasodott. Volt egy tippem, mitől lehet, de ez maradjon a mi titkunk. Azon csodálkoztam, nekem nem lett bajom, hisz' én vagyok az első, akivel minden ilyen megesik, de ha belegondolok, én voltam az ölelő karjaiban, miközben ő pucéran feküdt a padlón. Alig félóra múlva már a kórházban voltam, hogy hazavigyem és ágyba dugjam. A professzor ellátta gyógyszerrel és a lelkemre kötötte: semmi stressz nem érheti.

– Remélem tudod, mire gondolok – mondta nekem, miközben rám kacsintott. Biztos voltam benne, tud a köztünk lévő kapocsról. Most jól jött a jogosítványom, így haza tudtam vinni az autójával.

Nagyon sajnáltam szegényt, hogy ezt én tettem vele. Bocsánatot kértem, de azt mondta, nincs miért, megérte. Szája vékony mosolyra húzódott, szemei lecsukódtak. A láz ledöntötte, elaludt, miközben én figyeltem rá, ahogy ő szokott rám. Nagyapa és Toni este átjöttek. Még délután elértem őket. Ben még aludt, mikor odaértek, közben Alexa telefonált, hogy holnap érkezik haza. Lőttek a hétvégének, és Benről sem tudok gondoskodni. Nagyon mérges lettem, hogy pont most kell hazaállítania, mikor ápolhatnám a szerelmemet. Nagyapa hazarendelt a hétvégére, ha megérkezik a nagyasszony. Tudja, mennyire fáj ez nekem, de most Ben állapotára legyünk tekintettel, mondta. Nem is ellenkeztem vele. Ha itt lesz, húzok haza hozzájuk, duzzogtam magamban, miközben Ben mélyen aludt. Reggel nem mentem suliba, mert Alexa csak délután érkezett haza. Addig Bennel lehettem és gondoskodhattam róla. Mikor felébredt, már jobban érezte magát. Lemosdattam, ahogy ő szokott engem, végigmosolyogta az egészet, de mikor mondtam neki, hogy most pár napig nem fogjuk látni egymást Alexa miatt, eltűnt a mosoly kissé megviselt arcáról. Azt mondta, ő teljesen elfelejtette, hogy a felesége hazajön. Készítettem reggelit, és miután elfogyasztottuk, mellé bújtam, hogy addig is érezzem a közelségét.

Mélyen elaludtam, mert nem hallottam, mikor hazajött a ház asszonya és arra ébredtem, hogy karomnál fogva kirántott az ágyból Ben mellől. Olyan erővel, hogy a padlóra zuhantam. Azt sem tudtam, hogy levegőért kapkodjak, vagy a fenekemet fogjam a hirtelen ért fájdalomtól. Tekintete ölni tudott volna, úgy nézett rám. Ben is felébredt a huppanásra és kérdőn nézett Alexára, miközben próbáltam feltápászkodni.

– Mit jelentsen ez? Ti a hátam mögött enyelegtek, mikor nem vagyok itthon? – üvöltötte. – Mi van köztetek?

Vártam, hogy Ben válaszol a kérdésre, de egy szót sem szólt. Tudtam, nincs jól, de megint nem állt ki értünk, mikor itt lett volna az alkalom elmondani az igazat. Ránéztem, nyöszörögve a fájdalomtól összeszedtem magam, felkaptam a cuccaimat, és amilyen gyorsan csak lehetett, hazamentem Toniékhoz.

Megint gyáva voltam: hagytam, hogy elmenjen. Akármit kérdezett Alexa, nem válaszoltam neki. Legbelül sajnáltattam magam, pedig csak rajtam múlott az egész. Annyit mondott, hogy többé nem szeretné, ha a kölyök a közelemben lenne – vagy akár a házunkban. Azt azért megkérdeztem, hogy meddig tervezi így a távolságot, mert ez senkinek nem tesz jót, pláne nekem nem. Hogy lehet így házasságban élni? Nem kérdezte, lefeküdtünk-e a kölyökkel – nem érdekelte, mert a saját anyagi biztonságáért jobban aggódik, mint hogy hova dugom a farkamat. Nem fog azért elválni, hogy mindenki bolondnak tartsa, hogy én pasival csaltam meg őt. Tátva maradt a szám, mikor ezt meghallottam. Így akarunk életünk végéig élni? Boldogtalanul, miközben így is röhöghetnek rajtam, hogy havonta szexelek a feleségemmel, és nem tudhatom, ő mit csinál távol tőlem. Most már én is üvöltöttem, ahogy a torkomon kifért. Rosszul lettem, éreztem, hogy a lázam feljebb szökik. Nem akartam már vitatkozni, becsuktam a szemem és visszaaludtam.

Nem akartam, hogy Ben rosszul legyen, de az, amit tettek, borzalmas volt. Lázas volt, nem is kérdeztem, miért van itthon és miért van ágyban, annyira felbosszantott a mellette alvó kölyök. Lemosdattam és borogatást tettem rá. Mellette ülve néztem; ugyanolyan vonzó volt, mint mikor öt éve hozzámentem. Tudom, önző vagyok és itt hagytam magára. Még ha nővel csalt volna meg, de pasival, és nála jóval fiatalabbal. Nem tudok ezzel mit kezdeni, nem hagyhatom, hogy ez megtörténjen. Ben láza lejjebb ment, hívtam közben Tonit, hogy itthon maradok, míg jobban lesz, de megérdeklődtem, hogy Daniel rendbe hazaért-e, még mielőtt Ben megébred és kiderül, hogyan távozott a házunkból. Nem hiszem, hogy ő elmondta otthon, szerintem Toni nem sejt semmit a kettőjük kapcsolatáról.

39. fejezet

Hallottam, mikor Toni telefonált és mondta, hogy Ben láza már nem olyan magas. Megkönnyebbültem. Azt is hallottam, hogy Alexa otthon marad vele, míg teljesen rendbe jön. Ennek már kevésbé örültem, és a fájdalom a hátsómban rá emlékeztetett. Nagyapa észrevette, hogy a hangulatom megváltozott, mikor Alexáról beszéltek. Fel is mentem a szobámba. Még csak délután volt, de letusoltam, úgysem megyek már el otthonról. Lefeküdtem, zenét hallgattam – illetve hallgattam volna, ha a gondolataim nem Ben körül forognak. Véget kellett vetnem ennek a reménytelen kapcsolatnak, mert mindig csak pótlék leszek az életében és csak hátráltatom a hivatásában. Ő olyan közegben dolgozik, ahol ezt nem tudná felvállalni. Jobban átgondolva megértettem őt, de olyan jó volt vele minden. Ha véget vetek az egésznek, nekem megint ki marad? Annyit gondolkodtam, hogy a szemeim feladták.

A szombatot egyedül töltöttem, mert nagyapa és Toni átmentek Benhez. Kitaláltam, hogy találkozom az osztálytársaimmal és elmegyünk szórakozni. Alexa most nem szívesen látna az otthonukban. Aztán úgy döntöttem, tényleg elmegyek szórakozni, de egyedül. Biztos akad ott ismerős, mint mindig. Próbáltam a jobbik formám hozni, ezért dögösre vettem a stílust és belevetettem magam az éjszakába. A klubba indultam, ahol utoljára voltunk Bennel. Elmentem az étterembe, bízva, hogy Alex még emlékszik rám. Szerencsére ott volt, és azt mondta, később csatlakozik hozzám. A klubban sokan voltak, láttam pár ismerős arcot, Alex barátai is ott dübörögtek a zenére, csatlakoztam hozzájuk. Jól éreztem magam, a tánc sok mindent feledtetett velem, és az ital a legjobb gyógyír mindenfajta betegségre. Nem fogtam vissza magam: ki akartam táncolni magamból a tegnap történteket. Elfelejteni Bent, tudtam, egy nap alatt nem fog sikerülni, de mindent megteszek, hogy mindenki jól járjon. Annyit ittam, hogy csak arra emlékszem, hogy már otthon voltam, és a WC mellé kuporodva folyamatosan hánytam. Toni tartotta a fejem, legalábbis őt láttam – igaz, homályosan. Piszok rosszul éreztem magam, talán egy gyomormosás is elkelt volna. Toni besegített az ágyba, betakart, és egy vödröt tett az ágyam mellé, ha a gyomrom még rendetlenkedne. Valamikor a déli órákban tértem magamhoz. A fejem rettenetesen fájt, a gyomromról ne is beszéljük. Kérdeztem, hogy kerültem haza, mert nem emlékeztem semmire. Alex hívta a telefonomról, és értem jött. Teljes képszakadás volt. Szinte az egész napot az ágyban töltöttem a hülyeségem miatt. Toni borogatást tett a fejemre és kérte, ne legyek ennél rosszabbul, mert most Ben sem elérhető, nem tud rajtam segíteni, és ne csináljak ilyet, ha nem tudom uralni az italt. Alig töltöttem be a tizennyolcat, de már több rutinnal rendelkeztem, mint ő valaha is fog az ittasság elsajátításában. Elszégyelltem magam, bocsánatot kértem. Bentől nem akartam már semmit. Sem segítséget, sem szerelmet – gondolkodtam magamban, belefáradtam az egészbe, olyan, mint valami dráma, amiben én vagyok a főszereplő. Nagyapa jött be hozzám, mellém ült, kérdezte, mi történt, hogy ivásra adtam a fejem. Ránéztem, de már tudta, hogy szerelmi bánatom van.

Mikor Dan rám nézett, bánatos szemei elárulták, miért itta félholtra magát. Megborzoltam a haját és kicseréltem a borogatást a homlokán. Ez kicsit enyhítette a fejfájását. Mikor kifelé indultam a szobájából, elkapta a kezemet.

– Hogy van Ben? – kérdezte.

– Sokkal jobban, délután már felkelt az ágyból – mondtam Danielnek, és láttam, mekkorát sóhajtott, megkönnyebbült miatta.

– Örülök neki. Alexa nem mondott nektek semmit?

– Kellett volna? Elmondod nekem, mi történt, hogy pénteken lóhalálában hazasiettél? – kérdeztem tőle.

– Már nem fontos. Többé nem akarok az útjában lenni senkinek. Visszalépek, és megpróbálok túllenni rajta.

– Úgy érzed, túl tudod tenni magad rajta?

– Nincs más, amit tehetnék, nem rám esett a választása – mondta, de olyan szomorú volt a hangja, hogy még az én szívem is belesajdult.

– Sajnálom, Daniel. Nehéz lesz, mert nem tudjátok elkerülni a találkozást, de tudnod kell kezelni a helyzetet.

– Tudom, nagyapa, és sajnálom, hogy ennyi gondot okozok nektek – mondta, és könnycseppek folytak végig az arcán, majd az oldalára fordult.

– Az érzéseidért nem kell bocsánatot kérni – mondtam neki. Megsimogattam és betakartam.

40. fejezet

Igyekeztem bepótolni az iskolai hiányzásaimat, ezért szinte csak aludni jártam haza. Tanultam, mikor a zeneszakkör nem próbált, kihasználtam a lehetőséget, csak hogy ne legyek otthon. Amíg az erőm engedte, a suliban ütöttem el az időt. Bevállaltam minden szorgalmi feladatot, angolból, akinek szüksége volt rá, korrepetáltam. Toni szinte naponta telefonált, mikor érek haza és hogy jól vagyok-e, nagyapa viszont tudta, miért csinálom mindezt. Eljártam edzeni, de azt is úgy, hogy ne legyenek körülöttem sokan. Mindig megbizonyosodtam róla, mielőtt bementem, hogy az a bizonyos személy nincs ott. Kezdtem megbarátkozni vele, hogy nincs senkim. Nincs, aki átölel, megcsókol, és reggelit készít nekem. Még jó, hogy az érettségi sok időt igényelt, bár nem tulajdonítottam neki sok jelentőséget, mert maradok még egy évet a suliban. Megint eljött a május, és roszsz érzésem lett. Most vajon kit sodor az életembe? Egy szombat délelőtti órában épp a földszinti fürdőszobában zuhanyoztam, mikor csengettek. Nagyapa otthon volt velem, de nem ment ajtót nyitni. Már vagy harmadszorra szólalt meg a csengő, mikor megelégelve a hangját kiugrottam a zuhany alól, törölközőt tekertem a derekamra, és egyet felkaptam a vizes hajam miatt. A nappaliból még elkiáltottam magamat:

– Nagyapa, merre vagy? Csengettek.

A bejárathoz siettem és ajtót nyitottam. Bár ne tettem volna! A küszöbön állt a végzetem. Mikor megláttam, a törölköző lecsúszott a nyakamból, egyenesen a lábai elé. Egyszerre hajoltunk le érte, és mikor felálltunk, olyan közel volt az arcunk, hogy éreztem a leheletét. Szemeit végigvezette a testemen, szinte éreztem, hogy a tekintetével megérint. Borzongás futott át rajtam, amit ő is észrevett, és megjegyezte:

– Így meg fogsz fázni. Olyan zavarban lettem, hogy csak dadogni tudtam, és a kezemmel behívtam a házba. Közben nagyapa is előkerült az emeletről.

154

– Hol jártál? Csengettek, és én a zuhany alól ugrottam ki – kérdeztem tőle.

– Bocsáss meg, a padláson voltam és nem tudtam előbb jönni. De látom, már beengedted a vendégemet.

– Igen, de most visszamegyek és rendbe szedem magam, ha megbocsájtotok.

– Iszol velünk egy kávét? Elkészítem, míg rendbe szeded magad.

– Igen, köszönöm, mindjárt jövök – mondtam nagyapának, és visszamentem rendbe szedni magam a fürdőszobába. Betettem magam mögött az ajtót és nekidőltem, mert a látvány még mindig erősen bennem égett. Nem is húztam az időt, magamra kaptam a köntösömet, a törölközőt a nyakamba vettem, és kisiettem a nappaliba. Nagyapa és vendége a kávéjukat kortyolgatták. Felálltak, mikor hozzájuk léptem, és nagyapa bemutatta. Pontosabban a tanítványát, ahogy ő nevezte, mert épp jogászból szakosodna bíróvá a hölgy.

– Ő az unokám, Daniel – mutatott be a nőnek nagyapa. – Már volt alkalmatok találkozni.

Kézfogásra nyújtotta felém a kezét, de az én szemem csak övét pásztázta.

– Isabel vagyok – mondta, és a kezem után nyúlt.

– Elnézést, elbambultam – mondtam –, és az öltözékemért is, mert az emeleti szobámban vannak a ruháim. Spanyol? – kérdeztem.

– Semmi gond, nagyon szép köntös – jegyezte meg. – Az előbbi összeállítás is tetszett – mosolyodott el. – Igen, Spanyolországból származom.

– Zavarba hoz, de köszönöm.

Közben leültünk és a kávénkat kortyolgattuk.

– Tegezz nyugodtan, és ne légy zavarban tőle. Csak az igazat mondtam.

– Nem is mondtad, nagyapa, hogy tanítványaid is vannak. Most már értem, miért vagy sokszor távol.

–Sajnálom, ha ezzel elrablom tőled az időt, de a nagyapád egy legenda, és ő a szakmájában a legjobb még akkor is, ha már nyugdíjas.

155

– Semmi baj, már hozzászoktam az egyedülléthez. Ne haragudj, nagyapa, ezt nem kellett volna mondanom. Most inkább megyek. Elcantado de conocerte, Isabel! (Örülök, hogy találkoztunk, Isabel) – köszöntem el spanyolul. Amilyen gyorsan csak tudtam, elhagytam a nappalit. Felmentem a szobámba és az ágy mellé rogytam. A szívem olyan gyorsan vert, hogy majd' kiugrott a helyéből. Régen láttam ilyen gyönyörű nőt, mint Isabel. Szemében tükröződött az igazi szépsége. Volt valami varázslatos a tekintetében, amivel mindent elmondott magáról. Hatalmas barna szemei csak úgy ragyogtak, szinte mosolyogtak, mikor találkozott a tekintetünk, mély pusztítást hagyva a szívemben. Eddig még csak a kezét éreztem, de a tekintette végigtapogatta az egész testemet. Ott alul megmozdított, kemény merevedést váltva ki belőlem. Odakaptam, mert nem bírtam tovább. Olyan régen éreztem már, hogy el is felejtettem, milyen az. Felmásztam az ágyra, a takarót magamra húzva, egyik kezemet a számra tapasztva, hogy ne legyek hangos, a másikkal rámarkoltam a péniszemre, és a kéj utat tört magának. Azt hittem, nem lesz erőm felkelni, ezért összehúztam magamon a köntösöm és csak néztem ki a fejemből. Elmúlt a gyengeségem, elkezdtem felöltözni és lementem a nappaliba, bízva, hogy Isabel már elment. Épp a konyhában forgolódtam, mikor megfordulva a teste szorosan az enyémhez simult. Szóhoz sem jutottam, csak próbáltam visszafogni az ingereket, amelyeket a közelsége kiváltott belőlem – újra. Elnézést kért, csak palackos vízért jött és poharakért. A vizet megtalálta, csak a poharakat nem tudta, hol keresse. A konyhapultnak támaszkodva állt, és a felette lévő szekrényben voltak a poharak. Odaléptem, szorosan előtte álltam me, és fölnyúltam a poharakért úgy, hogy az arca a mellkasomba fúródott. Egy fejjel alacsonyabb volt, mint én, ezért is sikerült ilyen fura pózba kerülnünk. Kezébe adtam a poharakat, majd hátrébb léptem.

– A dolgozószobában vagyunk nagyapáddal, de mostantól gyakrabban fogunk találkozni – mondta. – Segít nekem a szakosodásban, és különórákat veszek tőle. Elmondta, hogy folyékonyan beszélsz spanyolul, aminek nagyon örülök, mert sajnos a környezetemben nincs, akivel beszélhetnék az anyanyelvemen.

– Annak én is örülnék. Azóta nem beszéltem spanyolul mióta átjöttem az Államokból.

– Akkor ezt megbeszéltük – mondta, és visszament a dolgozószobába.

41. fejezet

Attól a naptól fogva hetente láttam Isabelt, és az érzéseim nem változtak vele kapcsolatban. Beköszöntött a meleg, ami májushoz képest szokatlan volt, nagyapa mondta. Sajnos ezt én is éreztem, mert két napja erős fejfájással küzdöttem miatta. Két napja az ágyamat alig tudtam elhagyni, mert olyan gyenge voltam. Azóta csak pizsamában és köntösben tartózkodtam itthon. Aznap is, mikor lementem a nappaliba nagyapához, csak így voltam szalonképes. A fájdalomtól már összerogytam a kanapéra. Bevenni nem tudtam semmit rá, maradt a kínlódás. Csengettek, és Isabel jött különórára. Látta, hogy a kanapén szenvedek, és odajött, megkérdezte mi a baj, és felajánlotta, ha tud, segít. Csak néztem rá már szinte könnybe lábadt szemmel, így nagyapa mondta el az okát, miért vagyok olyan rosszul. Kérte, feküdjek hanyatt, a fejemet tegyem a kanapé karfájára, és elkezdte masszírozni a halántékomat. De nem a hagyományos módon csinálta. Nagyon jó érzés volt. A fejem kezdett könnyebb lenni és kitisztulni. Annyit éreztem: kezdek álmos lenni.

– Jót fog tenni – mondta. – Kipihent leszel, és elmúlik a fájdalom. Addig csinálom, míg elalszol.

– Az jó lenne. Két napja nem aludtam a fájdalom miatt. Sajnálom, nagyapa, hogy hátráltatlak benneteket.

– Ne is mondj ilyet! nekem fontosabb, hogy jobban legyél! – mondta. – Bennek is szóltam, de nem hívott vissza.

– Nem kell zavarnod őt ezzel, túlélem. Úgysem tesz jót senkinek, ha eljön.

– Tudom, de azt ő sem hagyja, hogy szenvedj. Próbálj meg aludni, jobb lesz, ahogy Isabel is mondta.

– Mindjárt jobb lesz, ígérem! – mondta, és végigsimogatta a nyakamat és a homlokomat is. – Igazán csinos pizsama, selyemszatén, és a színe pazar. Nagyon tetszik, hogy nincsenek rajta gombok! – súgta a fülembe.

Válaszolni már nem tudtam, csak halkan nyöszörögtem, mert elnyomott az álom.

– Hozok egy takarót! Köszönöm, hogy segítettél rajta, igazán hálás vagyok – majd betakartam Danielt. Reméltem, kipiheni magát, mert iskolába sem tudott menni. Megsimogattam szőke fürtjeit, majd bementünk a dolgozószobába.

Rá kellene néznem a kölyökre, de nem tartom jó ötletnek. Apa írta, hogy nincs túl jól, fejfájással küzd. A házban már vagy egy hónapja nem jártam, apát és Tonit is rég láttam. Konferencián voltam külföldön, de jót is tett a távolság. Volt időm átgondolni az életem, az eddig történteket, és a házasságomat. Nem sokra jutottam, mert mindig az járt az eszemben, miért nekem kell engednem, de rájöttem: mert gyáva vagyok és féltem, amit eddig elértem. A kórházból egyenesen apáékhoz mentem. Mégis csak ránézek a kölyökre. Nem tudom elviselni, hogy szenved. Nem csengettem, a kulccsal nyitottam ajtót, éreztem, így nem csinálok zajt, hátha pihennek. A nappaliba érve láttam, hogy jól gondoltam. A kölyök a kanapén aludt, de egyedül volt. Hozzá léptem, miközben a szívem majdnem kiugrott a helyéről. A takaró alig takarta a testét, így láttam a köntöse alól kivillanó feszes mellkasát. Letérdeltem mellé, keze lelógott az ágyról, ezért felraktam és megérintettem a homlokát. Aggódtam, hogy láza van, de csak melege lehetett, hogy ennyire kitakarózott. Olyan rég láttam, még mindig nem tudtam túljutni rajta. Mikor azt mondtam neki, ő a legjobb dolog az életemben, komolyan gondoltam, de mégsem úgy cselekedtem, ahogy ő ezt elvárhatta tőlem. Annyiszor megbocsátott már, és visszajött hozzám. Miközben őt néztem, egy idegen nő lépett mellém és mutatkozott be.

– Isabel vagyok, te biztosan Ben vagy.

– Hello! – köszöntem. Felegyenesedtem, és csak néztem rá értetlenül, hogy került ide.

– Oh, az apáddal dolgozom a bíróságon. Ő a dolgozóban van, csak kinéztem Danielre. Sikerült elaltatnom, már nagyon szenvedett szegény. Igazán csinos pizsama, nem igaz? Tetszik, hogy

159

nincsenek rajta gombok és mindent megmutat, ami fontos. Láttam, megnézted nincs-e láza. Mire jutottál, doktor úr, mi a diagnózis?

– Hogy értetted, hogy sikerült elaltatnod? – kérdeztem, miközben apa jött ki a nappaliba és félrehúzott a kanapétól, hogy fel ne ébresszük Dant.

– Ben! – ölelt át. – Egy különleges masszázzsal sikerült elmulasztania Isabelnek a fiú fejfájását. Látom, már megismerkedtek. Hadd öleljelek át még egyszer, olyan rég láttalak. Ha otthon vagy, akkor sem jössz át úgy, mint régen. Hiányzol, fiam!

– Te is hiányoztál, apa! – öleltem meg szorosan. – Most megyek, rám már nincs szükség.

– Ben, hogy vagy, fiam? – kérdezte tőlem apa, miközben kikísért az ajtóhoz. Látta, hogy még visszanéztem a kanapén alvó Danielre, és érezte, meghasad a szívem a fájdalomtól. Homlokon csókolt.

– Megvagyok, ne aggódj miattam! Most megyek, fárasztó napom volt, üdvözlöm Tonit.

Vissza sem néztem, csak mentem az autóig. Ki ez a nő, mit akar a kölyöktől? – kérdezgettem magamtól, miközben a látványra gondoltam, ami elém tárult a pizsama alól. Kár volt idejönnöm, megint csak szenvedni fogok. Nálam is idősebb, fiatalra fáj a foga – vagy kimondottan a kölyökre. Tudom, hogy biszexuális, és bárkit elcsábíthat, na de mégis...

42. fejezet

Mikor felébredtem csak nagyapa volt velem, Isabel már elment.
Meg akartam köszönni neki, mennyire jót tett velem. Azt mond-
ta, holnap is jön, és lehet, ő később ér haza, de engedjem be nyu-
godtan a dolgozószobába. Rendben, mondtam, de amit utána
mondott, nagyon megérintett.

– Ben is itt járt és rád nézett, mikor aludtál.

– Már nagyon rég járt itthon, hogy van?

– Kívülről jól nézett ki, de belül szerintem még ő maga sem
tudja. De ezt ő választotta, Dan, ő a felelős a döntéseiért.

– Ő, vagy valaki más, aki befolyásolta a döntésben – mond-
tam nagyapának.

– Tudom, kire gondolsz, de a döntést ő hozta meg.

– Én is tudom, és azt is, hogy talán te és Toni sem nézétek
jó szemmel a kapcsolatunkat. Senkit nem ítélek el, de az nem
normális, ha egy olyan kapcsolatba élsz, amiben nem vagy bol-
dog. Most felmegyek és lefekszem. Jó éjszakát!

Tudtam, hogy igaza van, és Benért is aggódom, de akkor is
neki kell meghoznia és kimondania, mit szeretne. Amúgy hol
van Toni? Alig látom itthon.

Másnap a suliban minden simán ment. Elmúlt a rosszullé-
tem, és játszva megírtam a teszteket. Ma alkalmam lesz meg-
köszönni Isabelnek a segítséget. Nagyapa nem is mondta, hány
órakor ér oda, sietnem kell, hogy ne várjon rám. Letusoltam, át-
öltöztem, és alig egy órán belül csengettek. A látvány, ami az ajtó
előtt fogadott, fura érzéseket keltett bennem újra és újra. Besé-
tált előttem, szépen lassan billegetve tökéletes alakját. Nadrá-
got viselt, hozzá apró bőrkabátot, ami feszesen simult rá. Hosz-
szú szárú csizmája szinte a combját simogatta. Lesegítettem róla
az aprócska kabátot, alatta megint csak apró póló lapult. Hosz-
szú, fekete haját hátrasimítottam a válláról. Puha volt és fényes.

– Gyönyörű a hajad! – jegyeztem meg, és újra végigsimítot-
tam rajta.

– A hajam tetszik neked. És ez hogy tetszik? – Megfogta a kezemet, és végigsimította vele a melleit.

– Nagyon tetszik! Mutatok mást is, ami tetszik! Látni szeretnéd, vagy érezni?

– Érezni szeretném – mondta, és átkulcsolta a nyakamat –, de szeretnék inni, nagyon kiszáradtam.

– Máris gondoskodom a vízről – és elmentem, hogy hozzak egy pohárral. Kezébe vette, de elég ügyetlenül, mert nagy része az apró pólóján hagyott nyomot. Teljesen elázott, ezért bevezettem a fürdőszobába, ahol adtam neki egy törölközőt és elmentem, hogy hozzak neki az én pólóim közül. Mikor visszaértem, már csak a törölközővel takarta magát. Átadtam a felsőt, mire ő elengedte a törölközőt és magára vette, csak úgy, melltartó nélkül, mert hogy az is elázott. Míg öltözött, folyamatosan a szemébe néztem, azután nem bírtam már tovább: szemeim lejjebb kerestek látnivalót. Ezt ő is észrevette és azt mondta, most már jöhet az érzés.

Karcsú derekánál fogva közelebb húztam magamhoz és ajkaira csókoltam. Éreztem, ahogy lábujjhegyre ágaskodik, hogy elérjen. Hagytam, hogy kicsit megkínlódjon érte, aztán az ölembe kaptam. A mosógép tetejére ültettem és folyamatosan csókoltam, épp csak annyi időre szakadtunk el egymástól, míg levegőt vettünk. Az sem érdekelt, ha nagyapa meglát bennünket, de vágytam a szeretkezésre.

– Jól áll a felsőm – mondtam, mert fenségesen ágaskodtak a mellbimbói. Szinte ki akartak törni a felszínre. Az anyagon keresztül is éreztem, hogy szinte már karcolták a mellkasom. Csókoltam gyönyörű vastag ajkait, miközben ő lehúzta rólam a felsőmet. Óvatosan nyakamra tapadt, míg kezei a mellkasomat simogatták. Szájába vette a mellbimbóimat és közben kigombolta a nadrágomat. Olyan lassú mozdulatokat tett, hogy folyamatos borzongás lett úrrá rajtam. Letolta, és a péniszemre fogott. Egyre jobban éreztem, hogy megnő a kezei között. Felsőjén keresztül simogattam a melleit, amit formásnak éreztem így, ruhán keresztül is. Lassan lehúztam róla a felsőt és rátapadtam. Lágy esésű, mégis kemény mellek. Tökéletes méret, hogy az ember elidőzzön rajtuk. A bimbóudvara gyönyörű, kerek és sötétbarna. Ahogy a bimbóit a számba vettem és izgattam, hangosan nyögött, és annál jobban szorította a szerszámomat. Leemeltem a gépről, ő elém térdelt, és a szájával olyat tett, hogy azt sem tudtam, hogyan kapaszkodjak a mosógép oldalába. Próbáltam nem eladni a házat a hangommal, de nehéz volt visszafognom magamat. Végigcsókolta a combom és az ágyékom, majd feljebb, míg újra összeértek az ajkaink. Megfordítottam, hogy háttal legyen nekem, és szorosan átöleltem. Kezeimmel rátapadtam kemény melleire, majd végigvezettem keskeny derekán és kigomboltam a nadrágját. A csípőjét szorosan nekem döntötte. Lassan lehúztam róla a nadrágot, feszes, kerek feneke dörzsölte a péniszem és játékba hívott. Megfordítottam, majd a gép tetejére ültettem. Levettem a csizmáját és a nadrágját, majd széttártam izmos combjait. Szeméremajkai már hívogattak. Lassan ingerelni kezdtem, míg nem bírtuk tovább, és kérte, tegyem a magamévá. Combjaira markoltam, és lassan bevezettem tagomat a mennyországba. Forrón izzott a testünk, szinte egybeolvadtunk. Gyorsítottam a tempón, mikor lábaival átölelte a derekamat. Szorosan hozzám tapadt, és én még gyorsabban mozogtam. Együtt élveztünk el hangosan nyögve, levegő után kapkodva. Közelebb húztam magamhoz és ajkaira tapadtam. Teste forró volt és izzadt. Szorosan öleltem, simogattam, és megköszöntem a gyönyört, amit nekem okozott. Nem tudom, mennyi lehetett az idő, de nagyapa még nem volt sehol. Együtt lezuhanyoztunk, lemostam gyönyörű testét, miközben spanyolul csaptam neki a szelet és ismétlést kértem. Nagyon tetszett neki, hogy tizennyolc évesen milyen tevékeny vagyok a szexben, de bevallotta, tudott róla és érezte, mikor Ben itt járt. Elcsodálkoztam, hogy ezt mondja, de nem tette szóvá vagy kérdezett rá, hogy férfiként érintkeztünk. Mosolyogtam és megtöröltem apró, formás testét, majd felöltöztünk. A felsőmet majd visszahozza, ígérte, és elváltunk a házban. Ő a dolgozóba, én a szobámba mentem. Még hallottam megjönni nagyapát, de már azt is csak félálomban. Isabel teljesen kimerített.

43. fejezet

Mióta megismertem Isabelt, nem akartam mással lenni. Egyre közelebb kerültem hozzá, pedig jóval idősebb nálam. Bennél is idősebb, még egyszer annyi, mint én, 36 éves. Ha csak tehettük, találkoztunk: hol iskolakezdés előtt, hol értem jött a suliba. Az osztálytársaimnak nem mondtam el, ki ő, de sejtették, mikor nem tudtuk visszafogni magunkat és a kocsijában csókolóztunk. Ha a házba jött és otthon volt nagyapa, akkor utána jött fel hozzám, ha nem volt, akkor előtte és utána is szeretkeztünk. Úgyis tudta mindenki, hogy együtt vagyunk. Nagyapa szerintem kimondottan örült neki, míg Tonit alig láttuk otthon. Én sikeresen leérettségiztem, Isabel pedig sikeres vizsgát tett és egyenes út vezetett a bírói pályára. Szerettük volna kettesben megünnepelni és megbeszéltük, hogy a nyáron elutazunk egy hétre. Én választhattam, ezért Debrecenre esett a választásom, a már ismert szállóra. Talán nem lesz belőle harag, de ha mégis, ígérem, soha többé nem fogom keresni. Isabelnek tetszett a választásom, és megígérte: mikor a bíróságon augusztusban szabadságolások lesznek, elutazunk. Lefoglaltam a szobát és üzentem a személyes recepciósomnak, hogy újra találkozhatunk, de nem leszek egyedül. Azt persze nem árultam el, hogy ki a partnerem. A júliust elütöttem egy kis edzéssel vagy bulizással. Hosszúnak tűnt a hónap, aztán lassan, de biztosan eljött az augusztus. Összepakoltam egy kisebb bőröndöt és nekivágtunk az utazásnak. Isabel autójával mentünk, így nem kellett kölcsönkérnem nagyapáét. Alig két óra múlva már a szálló bejáratánál álltunk, és persze ki volt a pult mögött? Nos, akitől kissé tartottam. Eddig úgysem tudtam, csak telefonon, megköszöni a gondoskodását, majd ha adódik rá alkalom, négyszemközt bepótolom. Nem volt éppen boldog az ötlettől, hogy nem egyedül tértem vissza és még nő is az illető, kitágultak rendesen a pupillái, mikor meglátott Isabellel. Erik – mert így hívták a recepciósomat, mennyire illik hozzá, gondolkodtam el rajta – felvitette a csomagokat a szobába. A tulajdonos, mikor megtudta, hogy ott vagyok, megkért, hogy játsszak esténként a vendégeknek, persze ha a párom beleegyezik, ezért cserébe addig maradunk, amíg akarunk. Átgondoljuk, mondtam, és felmentünk a szobánkba. Este eljött a vacsoraidő, Isabel gyönyörű volt, kitűnt a vendégek közül, és én büszke voltam, hogy hozzám tartozik. Erik egy szó nélkül lelépett. Reggel megint ő lesz az ügyeletes, de azért köszönhetett volna. A zongora tökéletesen működött, mint mikor itt hagytam, és a vacsora ízletes volt. Az éjszakát végigszeretkeztük, és reggel sokáig aludtunk. Nagyokat sétáltunk és szaunáztunk. Egy alkalommal, mikor Isabel masszázson volt, lementem beszélgetni a recepciósommal. Szerettem volna megköszönni a segítségét. Erik nem volt bőbeszédű, nem akart velem beszélgetni, lerázott, hogy dolga van. Aztán egyszer csak kifakadt.

– Mi a fenének jössz ide hozzám, mikor nem egyedül jöttél? Menj a barátnődhöz, vagy mi a fene van köztetek – kiabálta bele az arcomba. – Miért ide kellett jönnöd, mikor tudod, mi történt közöttünk? Gondolod, ez nekem jólesik, látni téged, miközben boldogan nevetgélsz azzal a nővel? Nem is jelentkeztél, még csak fel sem hívtál! Nem is érdekelt, hogy vagyok!

Szóhoz sem jutottam, de még a körülöttünk lévő emberek is csak bámultak ránk. Azt sem tudtam, merre nézzek, csak sarkon fordultam és otthagytam a srácot. Aznap szinte végigaludtam a délutánt. Tudtam, hogy Eriknek igaza volt, és bántott a lelkiismeret. Nem tudom, Isabel mikor jött vissza vagy merre járt, de nem keltett fel. Vacsorázni mentünk csak le, és ahogy ígértem, játszottam a vendégeknek. Még volt három napunk a szállóban, feltaláltuk magunkat, és aznap Erik sem volt szolgálatban, bátrabban közlekedtem. Azon az éjszakán fantasztikus volt a szex, izzott körülöttünk szinte minden, ám reggel, mikor felébredtem, Isabel nem volt mellettem. A bőröndje eltűnt. Hívtam, de a telefonja azt válaszolta: ez a szám nem elérhető. Megijedtem, magamra kaptam az alsóm és a köntösöm, kirohantam a szálló elé megnézni az autóját, de nem volt ott.

– Daniel, mit csinálsz itt egy szál köntösben, mi történt?

Megfordultam, és Erik nézett szembe velem.

– Isabelt keresem, eltűnt a holmijával együtt.

– Eltűnt? Az nem lehet. Húzd össze a köntösöd és gyere velem.

– Hova megyünk? Most nem tudok veled menni. Meg kell keresnem Isabelt – mondtam neki szinte már zavarodott állapotban.

– Gyere, megnézzük a kamerákat!

Teljesen zavart volt, hiányos öltözetben, mezítláb rohangált felalá az előtérben. Karjára fogtam, összehúztam rajta a köntösét, bevezettem abba a helyiségbe, ahol vissza tudtuk nézni, mi is történhetett. A számítógépen visszatekertem a tegnap történtekre, és akkor ott éjjel kettőkor feltűnt Isabel, ahogy elhagyja a szállót. A bőröndje nála volt, láttuk, ahogy autóba ült és elhajtott. Ránéztem, s láttam, hogy Daniel meredten ül, nem mozdul, csak néz maga elé. Megint egy csalódás az életében, gondoltam magamban. Vajon mi történhetett?

– Gyere, visszakísérlek a szobába – mondtam, és segítettem neki felállni. Megkértem az egyik lányt a szállóból, hogy figyeljen a portán, míg Danielt visszakísérem a szobájába. Nem tudom, mikor tudok visszajönni, de igyekszem. Alig tudott lépni, nagyon lassan haladtunk, és csak meredten bámult maga elé. A szobába érve leültettem az ágyra és elé térdeltem.

– Megijesztesz. Beszélj hozzám! – kértem, de semmi reakció. Mintha sokkot kapott volna. Besegítettem az ágyba, de nem fektettem le, csak a támlájának döntöttem. Betakartam és folyamatosan beszéltem hozzá.

– Hívjak valakit? Szeretnél beszélni valakivel? – kérdeztem.

– Nagyapámmal kell beszélnem. A telefonomban keresd meg, kérlek.

– Persze, megkeresem.

A telefonja az éjjeliszekrényen volt, de kellett az ujjlenyomata. Rátettem a hüvelykujját és hívást indítottam.

– Nagyapa, kérdezni szeretnék valamit. El tudnád érni nekem Isabelt?

– De hát nem együtt vagytok, nincs melletted? – hangzott a kérdés a telefon másik végéről.

- Nincs mellettem, az éjjel szó nélkül eltűnt. Most néztük vissza a tegnapi felvételeket, és éjjel kettőkor lelépett. – Ez hihetetlen számomra is, de megpróbálom elérni őt. Viszszahívlak, addig is nyugodj meg. Megteszek mindent. Hívlak, ha megtudok valamit. – Visszahív – nyomtam ki a telefont és Erikre néztem. – Sajnálom, hogy megint gondot okozok neked. – Ne mondj ilyet! – ültem vele szembe, és kezeit a tenyerembe fogtam. – Minden rendben lesz, biztos megvan az oka, hogy elment. Én is sajnálom, hogy kiabáltam veled. Csak remélni tudom, nem amiatt történt mindez.

Volt egy kis lelkiismeret-furdalásom miatta, de bevallom, az is csak icipici volt, olyan gyűszűnyi. Nem Daniel felé; a nőre haragudtam, hogyan tudott egy ilyen fiatal fiúval összejönni és vele mutatkozni. Féltékeny voltam rá.

Nagyapa hívott, hogy ő sem tudta elérni Isabelt. Azonnal bemegy a bíróságra, hátha történt valami, és hívni fog. Ültem az ágyban és átgondoltam az elmúlt napokat: mit rontottam el, hogy így itt hagyott. Semmi nem jutott eszembe. Minden jól sikerült, a kémia is működött, egész nap mosolygott, ezért nem értettem. Most már tényleg velem lehet a baj, hogy mindenkinek csak addig kellek, amíg rám nem unnak. Mit csinálok rosszul? – kérdezgettem magamtól, miközben Erik is hibásnak érezte magát mellettem. Úgy éezte, ő is csak kihasználta a helyzetet, mikor először itt jártam, de ez nem így volt, én is akartam. Nem bírtam ki, hogy ne legyen mellettem valaki, hogy hónapokig éljem a szürke hétköznapokat. Miért is csodálkozom, hogy folyton megsérülök, mikor bonyolult kapcsolatokat keresek és élek át? Valaki még csak nem is csókolózott ennyi idősen, míg én már hány emberrel lefeküdtem. Eldőltem az ágyban, mint valami díszpárna, és becsuktam a szemeimet.

Elvettem a telefonját, magamhoz vettem és kijöttem a szobából, hagytam Danielt pihenni. Nagyon rossz volt nézni, hogy megint szenved, és ez most rosszabb volt, mint a láz okozta fájdalom. Vártam a nagyapja hívását, de sok jóval ő sem szolgálhatott.

Kérte, vigyázzak Danre, maradjon még nálunk, ha lehet, és addig megpróbálja kideríteni, mi történhetett. Örültem, hogy itt van, még akkor is, ha szomorúan, de a jelenléte boldoggá tett. Estig voltam szolgálatban a recepción, volt időm ránézni a szerelmi bánattól szenvedő fiúra. Mivel holnap délutánra jönnék vissza, ezért nem mentem haza. Készítettem össze ételt és bevittem a szobájába. Nem aludt, csak a mennyezetet bámulta. Kértem, egyen valamit, és az ölébe tettem a megrakott tálcát.

– Hazaindulsz? – kérdezte.

– Igen, de ha szeretnéd, maradok – mondtam.

– Szeretném, ha maradnál. Megtennéd?

– Valójában maradni akartam, csak tudni szerettem volna, hogy te is ezt akarod-e.

Bólintott a fejével, és felemelte a takaróját. Levetettem a ruhámat és mellé bújtam. Az oldalára fordult, háttal nekem, ezért hozzábújtam, átöleltem, de pár perc múlva felém fordult és szorosan a nyakamba fúrta a fejét, kezével átölelte a mellkasomat, lábainkat összekulcsolta, és pár perc után éreztem egyenletes, halk szuszogását: elaludt. Az illata ugyanolyan finom volt, mint mikor utoljára öleltem. Teste mintha izmosabb lett volna, és a bőre feszes. Göndör fürtjei csiklandozták az államat, mosolyogtam, miközben én is álomvilágba merültem.

44. fejezet

Már délelőtt volt, mikor felébredtem. Daniel nem volt mellettem, megijedtem. Gyorsan magamra kaptam a ruháim és körülnéztem a fürdőszobában. Mivel nem találtam, kisiettem a portára, de ott a kolléganőm megnyugtatott, hogy a bárban van. Kissé kacéran megjegyezte:
– Te és ő?

Megyek, megkeresem, intettem felé, elengedve egy fura mosolyt. Dan ott ült a zongoránál, egyik kezével támaszkodott, a másikat csak húzogatta a billentyűkön jobbra-balra. Mellé álltam, felnézett rám és mosolygott, de olyan boldog mosoly futott át az arcán!
– Örülök, hogy megvagy!
– Miért ne lennék? Nem megyek sehova – mondta nyugodt hangon. Hogy aludtál?
– Nagyon jól.
– Köszönöm, hogy engedted, vigyázzak rád!
– Úgy érzem, mindkettőnknek jót tett. Dolgozol ma, ugye?
– Igen, hamarosan szolgálatban leszek, de ha szeretnéd a társaságomat, még elérhető vagyok. Felállt a zongorától, megfogta a kezemet, és együtt visszamentünk a szobájába. Levetkőztünk és visszabújtunk az ágyba. Nem szeretkeztünk, csak összebújtunk, öleltük egymást és beszélgettünk. Nem akartuk kihasználni a másikat, csak érezni a közelségét. Mikor megkezdődött a műszakom, Dan még ágyban maradt. Felhívtam a családját, hogy jól van, és pár napig még marad. Sajnos Isabelről még a nyomozó sem tudott mit mondani. Úgy eltűnt, mint ha nem is létezett volna. Mint mikor belépett egyik pillanatról a másikba Daniel életébe.

Péntek lévén este a bárban nagyon sokan voltak. Hallották, hogy van egy remek zongoristánk, aki mindenféle stílust játszik és gyönyörű a hangja. Nem tévedtek, csak azt felejtették el mondani, hogy még jól is néz ki, és tényleg. Tudtam, hogy eltűnt egy időre, de azt mondta, estére szeretne új ruhadarabot. Mikor visszaért, a szívem majdnem kiugrott a helyéről. Levágatta a haját! Na, nem az egészet, aminek nagyon örültem. Göndör fürtjeit kisimították és befésülték. Laza, nyárias öltönyt viselt bézs színben, ami kiemelte gyönyörű kék szemét. Minden passzolt ahhoz, hogy újra elvarázsoljon. Nem tudom elképzelni, hogy jött végig úgy a városon, hogy nem rabolták el vagy húzták be valamelyik kapualjba. Hogy szokták mondani? Szívdöglesztően nézett ki.

– Uram, a bárban már várják önt – hajoltam meg előtte vigyorogva. – Ma remekül néz ki!

– Köszönöm, Erik. Odavezetne, kérem?

– Természetesen, uram, adja a karját – majd hangos nevetéssel bevezettem a helyiségbe.

Akkor este gyönyörűen játszott, még soha nem hallottam annyi érzést belevinni egy dalba, mint ahogy ő tette. A szöveget és a dalt is ő írta és zenésítette meg még otthon, a régi életében, mikor még minden a helyén volt.

Csak nézem az órát, de nem telik az idő, mégis
Úgy rohan. Idejét se tudom már, mikor hallottam a hangodat.
Csak egy kósza gondolat, remélem, te
Is gondolsz néha rám. Ha becsukom a szemem,
Látlak még az utcán. Látom magam előtt, ahogy
Jössz felém a piros ruhádban. Olyan szépen kapott
Bele a szél a hajadba. Emlékszem, mit éreztem,
Már akkor tudtam, te kellesz nekem.

Felteszem a kedvenc zenénket, és csak dúdolok
A dallamra. Még nem vagyok álmos, pedig rég
Éjfélt ütött az óra. Minden este várlak, de nem
Jössz. Becsukom a szemem és elképzelem, hogy
Még mindig itt vagy velem. Már csak az árnyékod
Kísért, mégis én vagyok a szellem. Már csak az
Árnyékoddal táncolunk ketten.

Hiányzol, nem tudom kifejezni szebben. Minden
Közös képünk eltűnt csendben. Mindig, mikor
Belépek a szobába, olyan, mintha egy vesztes
Csatamezőn állnék. Talán
Igaz sem volt, neked ez csak játék.

Emlékszem, mit kértem mindig, mikor sírtam. Nem
Baj ha elmész, csak vigyél magaddal. De te
Elmentél, én meg itt maradtam magamban. De
Nem számít a távolság, nem számít, hol vagy.
Legalább minden este együtt vagyunk ugyanazon
Ég alatt.

45. fejezet

Eltelt az augusztus, hazamentem folytatni az iskolát. Erik mindig ott lesz nekem, ha szükségem lenne egy menedékre és az ölelésére, mondta, mikor elköszöntünk. Isabelt azóta sem láttuk, sem én, sem nagyapa. Minden kezdett visszaállni a rendes kerékvágásba: unalmas órák, edzések, és megint nem volt senki, aki átölel és megcsókol. Reggelit többnyire nagyapa készített, ha otthon volt. Láttam rajta a sajnálatot, és hogy a mai napig nem tudja, mi történhetet, hogy Isabel eltűnt. Toni folyton valamilyen hivatalos úton járt külföldön, szinte alig láttuk. Megint eljött a karácsonyi készülődés ideje. Már előre féltem, mi fog történni. A téli szünet beköszöntött, nem sok kedvem volt kimenni a házból. Otthon még ilyenkor is meleg volt az időjárás. Nem szeretem, hogy vastagon fel kell öltöznöm, mert meg akarok fagyni. Eljött az a bizonyos nap, mikor útnak indult a család Nyíregyházára. Huszonharmadika reggelén dörömböltek a szobám ajtaján.

– Ki a fene az ilyen korán? – másztam ki az ágyból és nyitottam ajtót – persze meztelenül. Az ajtó előtt Ben és Alexa álltak, és mikor a mondókájára nyitotta volna a száját, szemei végigpásztázták a testemen.

– Nem vennél magadra valamit? Kérlek!

– Nem akarok. Mondd, mit szeretnél?

Láttam, közben Ben szemei kikerekedtek, és tekintete bebarangolta a testemet.

– Szeretnénk, ha velünk jönnél karácsonyra a szüleimhez. Már nem neheztelnek rád, és nem akarjuk, hogy egyedül legyél az ünnepeken.

– Ezt most komolyan mondod? Te megőrültél! – nevettem fel hangosan. – Inkább leszek teljesen egyedül, mint hogy az őrült családoddal ünnepeljek.

Ahogy ezt kimondtam, akkora pofon csattant az arcomon, hogy megtántorodtam.

172

– Hogy merészelsz ilyet mondani a családomra? – üvöltötte bele a képembe Alexa.

– Igazad van és sajnálom – fogtam az arcomat, ami égett a pofontól. – Bocsánatot kérek!

Boldog karácsonyt kívántam, és becsuktam előttük az ajtót.

– Kedves voltam vele. Hogy mondhatott ilyet? – kiabált Alexa lefele menet az emeletről.

– Nem lesz gond, menjetek csak – mondta Toni. – Én úgyis a közelben leszek, a párommal majd figyelek rá. Nem csodálkozom, hogy megutálta a karácsonyt.

– Akkor az idén csak hárman utazunk el a szüleimhez. Apa, Ben, indulhatunk.

Felmentem bekopogni Danielhez. Benyitottam, láttam, viszszabújt az ágyba. Szóltam, hogy elmegyek egy kis időre, ha kell neki valami, telefonáljon.

Végre csend van! Semmi kedvem nem volt felkelni, ezért szinte az egész napot ágyban töltöttem. Telefonoztam, zenét hallgattam, és a srácokkal a suliból beszélgettünk a szilveszterről. Én már szóltam itthon, hogy a kedvenc szállómba megyek szilveszterezni, Erikkel megbeszéltem, szabad lesz aznap, de szívesen besegítünk a többieknek is. Engem felkértek énekelni, szívesen megyek. Másnap délelőtt Toni elment otthonról, elköszönt és boldog karácsonyt kívánt azzal a kijelentéssel, ha mégis meggondolnám magamat, a polgármester asszony szívesen lát a házában vacsorára. Megköszöntem, és „meggondolom még" kijelentéssel én is boldog ünnepet kívántam neki.

– Nem kell hazasietned – kiáltottam még oda, mikor beszállt az autójába. Éhes lettem, ennem kellett valamit, de előbb lefürdök, úgy döntöttem. Tegnap óta ki sem másztam az ágyamból. Alig hogy beálltam a zuhany alá, csengettek. Nem hiszem el, hogy pont mos! Nem ért volna rá kicsivel később? – morogtam, miközben magamra kaptam a köntösöm. Bárcsak ne tettem volna, hogy kinyitottam az ajtót! A küszöbön, mintha visszaforgatták volna az időkereket, ott állt az a bizonyos nő, aki mint valamiféle szellem, jött és ment az életemben: Isabel.

– Ismerős helyzet, te egész nap csak fürdéssel ütöd el az időt? Új frizura, igazán jól áll! Egyedül vagy, igaz? Nem válaszolsz nekem? Megértem.

– Te hogy kerülsz ide? – tettem fel neki én is a kérdésem.

– Szeretnélek elhívni valahová. Látom, még nektek sincs fátok. Szeretném, ha választanál velem és elhoznád a lakásomra. Mielőtt szólhattam volna, ajkaival az enyémre tapadt, és olyan jól csinálta, hogy elgyengültem. Ha csak erről van szó, ám legyen, gondoltam magamban, és elmentem, hogy felöltözzek. Úgy tíz perc múlva már az autójában ültem, és indultunk fát venni az ünnepre. Mivel éhes voltam, megkértem, eljönne-e velem ebédelni valahová, de jó a gyorskaja is, mert már kopogtak a szemeim.

– Ez a legfontosabb dolog, ami most zavar téged? – tette fel nekem a kérdést. – Nem is érdekel, merre jártam és mit keresek most itt veled?

– Nem igazán, és tényleg éhes vagyok, mert tegnap délután ettem utoljára.

Olyan higgadtan kezeltem a helyzetet, hogy magam is csodálkoztam. Megebédeltünk és elmentünk fát választani. Én is vettem egyet a nappaliba, mégiscsak maradt bennem valami az ünnepből. Elvitt a külvárosban egy zöldövezeti lakóparkba, ahol állítólag most él. Letettem a házhoz a fát és visszavitt a belvárosba. Megkérdeztem, szeretne-e bejönni kicsit, és nem ellenkezett. Kissé átfáztunk, ezért a kandallóba jócskán tettem tüzelőt. Lesegítettem a kabátját, ami alatt megint csak apró, de vastag felső volt, és a kandalló elé tettem neki a kedvenc babzsák fotelemet. Ilyenkor azon szoktam olvasni. Messziről figyeltem, mikor levetette a csizmáját és a felsőjét.

– Nem jössz közelebb? Onnan fogsz végig figyelni? Talán félsz tőlem? – sorolta a kérdéseit.

– Nem félek – mondtam, és közelebb ültem hozzá. Egész melegre sikerült a helyzet, és én is kezdtem levenni a vastagabb ruháimat. Közben a mobilom csörgésére összerezzentem. Toni

174

hívott, hogy minden rendben van-e. Megnyugtattam, és mondtam, fát fogok díszíteni, mert rászántam magam, hogy vegyek egyet. Odakint kezdett besötétedni, de Isabel nem akart hazaindulni. Bámult rám hatalmas barna szemeivel, és egyszer csak megtörtént. Elkezdte levenni a ruháimat és csókokkal behinteni a testem, ami már így is forró volt a kandallóból áradó melegtől. Azt hittem, ellen tudok állni neki, de újra elgyengültem. Én már meztelenül feküdtem a szőnyegen, ő még mindig engem kényeztetett. Úgy éreztem, ez valami kárpótlás a hirtelen eltűnése miatt. Nagyon élveztem minden érintését, teljesen átadtam magam a gyönyörnek. Apró, törékeny teste újra elvarázsolt, olyannyira, hogy elélveztem. Megnyugtatott, hogy nem lesz baj, mert ő védekezik. Megnyugodtam. Teljesen kimerültem és csak arra emlékszem, takarót keresett, és a szőnyegen aludtunk el. Reggel kicsit fázva ébredtem, és persze egyedül. Magamra terítettem a takarót és kinéztem, bízva, hogy mégsem ment el, de nem volt a ház előtt az autója. Éreztem, hogy ez lesz, de belementem a játékba. Felöltöztem, és elfoglaltam magam a fa díszítésével.

46. fejezet

A szilveszter már jobban tetszett és azokkal lehettem, akik folyton megvigasztaltak, ha elromlott körülöttem minden. Erik igazán kitett magáért és értem, jól éreztük magunkat. Akkor is jó kedve volt, mikor meséltem neki, hogy jelent meg szenteste Isabel a házunkban. Nem tudom, miért nem jövök össze vele... talán mert ez a kapocs nem olyan mély, mint Marcus vagy Ben. Nem akartam mást, csak szórakozni, tombolni, ami már rég adatott meg az életemben. Akkor újévkor sem feküdtem le Erikkel, nem akartam csak egyszerű pótlásnak használni. Barátra vágytam, igazi, megértő barátra. Míg tartott az iskolai szünet, lent voltam a szállóban, majd hazautaztam. Isabel megint eltűnt az életemből. Nagyapának meséltem a szentestét. Azt mondta, olyan, mit a filmekben: ő volt nekem a karácsonyi ajándék. Nem is akartam megkeresni a házat, ahova vittük a fát. Lehet, csak átverés volt, vagy ismerőse lakik ott. Mindegy, lenyugodtam és éltem az unalmas, gimis mindennapokat. Az viszont zavart, hogy Toni egyre többet utazott az Államokba. Kérdeztem, mi dolga van ott, és hogy nem tudná-e elintézni, hogy vele mehessek. A szüleim sírját is szívesen meglátogattam volna, és azt a bizonyos személyt, aki mély nyomokat hagyott bennem. Biztos van már valaki más az életében, nem is zavarnám, csak még egyszer az életben láthatnám őt. Nem kell közelről, csak messziről figyelném, tudnám, hogy jól van és boldog. Tudtam, hogy lehetetlent kérek, de folyton próbálkoztam. Annyit nyúztam már Tonit, hogy összekaptunk. Hangosan veszekedtünk, elrohantam otthonról. Lassan megint eljött a születésnapom, és féltem, megint történik valami. Akkor este haza sem mentem, vettem ki szobát egy a belvárostól messzebbi szállodában. A telefonomat kikapcsoltam, egyedül akartam lenni. Reggel a suliból felhívtam nagyapát, hogy ne aggódjanak, de nem ígérem, hogy hazamegyek. Egy ideig szeretnék egyedül lenni, még a születésnapom sem számított, ami két nap múlva lett volna.

Úgyis csak bosszúságot okozok mindenkinek. Nagyapa rosszul fogadta a hírt és kérte, menjek haza, Toni nem haragszik rám, soha nem is haragudott. Ígértem, kicsit összeszedem magam, nem akarok útban lenni senkinek. Persze, hogy bevonzottam a bajt. A születésnapom után két nappal Ben számát jelezte ki a telefonom. Nem tudom, meddig nézhettem, kitartóan csengett. Félve, de felvettem.

– Daniel, ide tudnál jönni a kórházba?

– Persze. Nagyapával történt valami?

– Apa jól van, Toni van itt nálam.

Mikor ezt kimondta, azonnal motorra ültem, és húsz percen belül már a kórház folyosóján álltam. Találkoztam a professzorral, aki annyira örült nekem, hogy megölelt. Kérdezte, miért nem látogatom meg őket, eltűntem az életükből. Mondtam, nem ígérek semmit, nem tudom, hogy alakulnak a dolgaim. Elvezetett ahhoz a szobához, ahol Toni feküdt. Nincs nagy baja, csak infúziót kap, addig meg pihen. A többit majd Ben elmondja, itt jön.

– Minden jót, fiam – köszönt el tőlem a professzor.

– Szia.

– Szia.

Ennyit tudtunk kimondani, de azt is olyan hallkan, hogy alig értettük.

– Mi történt vele? – kérdeztem Bent.

– Még délelőtt hozta be Bazsó, mert a futógépen összeesett. Edzett az őrsön, mikor megtörtént. Még jó, hogy voltak mellette páran. Jobban lett, kimerült, de a vérnyomása nagyon magas volt, ezért most infúziót kap. Ez már a második, de hazamehet, ha ez lefolyt neki. Tudom, hogy összevesztetek és nagyon bántotta, mert nem teheti meg, hogy magával vigyen az Államokba. Szeretném, ha te vinnéd haza és vele maradnál pár napig, míg jobban lesz. Béküljetek ki, mert ez senkinek nem tesz jót. Költözz vissza a házba, kérlek!

– Rendben, megteszek mindent, hogy jobban legyen. Nem akartam, hogy ez legyen – mondtam, miközben könnyek szöktek a szemembe. – Soha nem tudnám bántani őt.

- Lassan elkészül és mehettek is, mert akkor nem szólok apának, hogy jöjjön érte.

Leültem a szobától nem messze. Nem vártam sokat, az ajtóban megjelent a két testvér. Toni háttal állt nekem, nem láthatott. Ben intett, hogy menjek. Toni megfordult és csak nézte, hogy közeledek felé. Mikor már előtte álltam, szorosan átöleltem és sírva kértem, bocsásson meg a viselkedésemért. Visszaölelt, és a hátamat simogatta.

- Nem akartam, hogy bajod legyen – mondtam. – Hazaviszlek, és otthon maradok.

- Rendben. Mivel megyünk?

- Motorral.

- Ha a doktor úr megengedi...

- Csak ez van, bérlem, de isteni hangja van.

Mindhárman felnevettünk. Megköszöntem Bennek a közreműködését. Azt mondta, este még benéz Tonira. Hazavittem, ráparancsoltam, hogy nem hagyhatja el az ágyat, míg vissza nem jövök a szállodából. El kellett mennem a cuccaimért és ki kell jelentkeznem. Nagyapa addig figyelt rá. Ben este még benézett, és elégedett volt Tonival. Úgy éreztem, olyan volt, mint régen. Mikor még Bennel jól éreztük magunkat. Soha többé nem lesz már olyan. Míg ők nevettek, én kimentem az erkélyre kiszellőztetni a fejemet. Valaki hátulról megfogta a vállam – Ben volt az.

- Hogy vagy, kölyök? – kérdezte. – Igazán jól áll ez a hajviselet. Nagyon tetszik.

- Nem is tudom, hogy vagyok, de örülök, hogy látlak.

- Én is nagyon örülök neked.

A korláton támaszkodva csak néztük a nagy sötétséget. Nagyapa megkérdezte, nem alszik-e nálunk Ben, de reggel értekezlete lesz, és minden holmija otthon van. Nagyot sóhajtottam, mindenki rám nézett. Ben elmosolyodott, elköszönt és hazament. Akkor éjjel nem voltam túl jól, talán Toninál is rosszabbul éreztem magam. Rám törtek a régi emlékek, jók és rosszak együtt. Marcussal álmodtam, a víz is levert, mikor reggel felkeltem. Olyan régen álmodtam vele, nagyon hiányzott. Reggel a zuhany alatt elkapott a sírás, siettem kifelé, hogy elővegyem a parfümjét. Bele akartam szagolni, érezni az illatát, mint mikor rajta éreztem. Az ágy mellett összekuporodva szorongattam az üveget.

47. fejezet

Sokat gondoltam Marcusra, mert volt valami, ami nem hagyott nyugodni. Aztán ott volt az egyetem is. Megint egyszerre nyár vége lett, készültem a szeptemberben induló képzésre. Elhatároztam, megpróbálkozom a zenei részével. Nem volt, aki hátráltasson. Toni megint az Államokban volt, de mikor hazajött, furán viselkedett. Rossz érzésem támadt, akárhányszor ránéztem. Mikor egyik nap senki nem volt otthon, kutatni kezdtem a dolgozószobában. Nem hagyott nyugton az érzés, hogy valamit titkol előlem. Nem találtam semmit, de mikor a hálószobájában keresgéltem, találtam egy beépített páncélszekrényt a gardróbjában. Akárhányszor hozzányúltam, éreztem, hogy ki kell nyitnom. Hirtelen kiszaladtam a garázsba és hoztam magammal egy csavarhúzót és még pár szerszámot. Vagy félórát is küzdöttem, míg kinyílt. Félve néztem bele, de amit láttam, soha nem fogom elfelejteni. Papírok voltak, angolul nyomtatva Miamiból. Egy gyászjelentés Marcus nevével. Motorbalesetben elhunyt hat hónappal ezelőtt. Akkor, ott, abban a percben megértettem Toni távollétét, de nem akartam felfogni, amit olvastam. Hátráltam a szekrénytől, nem akartam látni a papírokat, míg egyszer csak felmarkoltam és kiszaladtam a szobából. Magamhoz vettem egy teli whiskys üveget, bekapcsoltam teljes hangerőre a lejátszót és kizárkóztam az erkélyemre. Többször elolvastam, mire felfogtam, mit jelent, és csak ittam, hogy ne lássam ezt a borzalmat. Azt hittem, belehalok a fájdalomba. Szerettem volna annyit inni, hogy ne érezzek semmit, hogy a fájdalom lassan, de biztosan végezzen velem. Megeredt az eső és jó érzés volt, de nem mosta le a fájdalmamat. Csak ültem kint és ittam, a zene üvöltött, mint egy koncerten, eltompítva az ordításomat. Valaki hívhatta a rendőrséget, mert hallottam a szirénák hangját. A korlát mögül, bár homályosan, láttam valakit közeledni a kapuhoz. A fejem is tompa volt, és az eső is szakadt. Hallottam a nevemet kiabálni, de nem érdekelt, csak ittam tovább és felejteni akartam örökre. Egyszer csak csend lett – valaki kikapcsolta a zenét és betörte az erkélyajtót. Behúzott a szobába, kivette a kezemből az üveget. Toni volt. Felvett az ölébe, és onnantól már nem emlékszem: elveszítettem az eszméletemet.

– Daniel, hallasz engem? – kiabáltam neki, de kába volt, ezért egyenesen a zuhanyzóba vittem. Megengedtem a vizet, próbáltam hánytatni. Megivott egy egész üveg whiskyt. Elkezdtem levetni a vizes ruháit, közben az ujjammal belenyúltam a szájába jó mélyen, ezzel kiváltva belőle az ingert. Mikor sikerült, megindult a hányás. Talán nem kell gyomormosásra bevinni. Én is csurom vizes lettem. Ledobáltam a ruháimat, és én is beálltam a víz alá. Danielt lefürdettem, betakartam és kivittem a szobámba. Körbenéztem, megdöbbentem. Nem gondoltam, hogy megtalálja. Magamra kaptam a köntösöm, gyorsan elpakoltam a szekrénybe, és hallottam őt fájdalmasan nyöszörögni. Magához tért, de olyan fehér volt, mint a fal. Azonnal hívtam Bent.

– Mi a fenét csinált magával? Egyszer még belehal.
Nagyon rossz állapotban volt, mikor megláttam: alkoholmérgezést kapott. Kérdeztem, mennyit hányt, jó lenne tudni, mert még baj lehet belőle, de Toni szerint elég sokat sikerült. Nem tehettünk mást, csak vártunk és vigyáztunk rá. Mire úgy éreztük, jobban van, elkapta a hidegrázás. Nem tartott sokáig, de félelmetesnek látszott. Toni elmondta, miért történt ez az egész, de nekem többet mondott, mint a papír tartalma. Addig megint aggódnunk kellett érte, ki tudja, ezek után hogy fog rendbe jönni. Még jó, hogy elállt az eső, nem tesz jót a szobának a betört erkélyajtó. Akkor éjjel mindhárman Toni ágyában aludtunk, vigyáztunk a kölyökre.

Reggel, mikor benéztem Toni szobájába, elmosolyodtam. Egymáson aludt a három fiú. Daniel szobája már nem nézett ki olyan jól. Nem tudom, mi történt itt, de ez a gyerek megint összehozta a családot. Reggel kávéillatra keltek, Daniel gyomor- és fejfájásra. Azt sem tudta felfogni, hol van, csak folytak a könnyei, mikor meglátta maga körül azokat, akik újra és újra visszahozták az annyiszor szétesett életéből. Ágyba kapták a reggelit. Talán még gyerekként voltak így egy ágyban – mosolyodott el az apjuk. Ő is csatlakozott a fiaihoz a szobában. Daniel nem beszélt egy ideig, csak magányosan üldögélt a szobájában. Nem tudta megmagyarázni, milyen fájdalmat érez, de piszkosul szorította a mellkasát. Ezen még Ben sem tudott segíteni. Nem kérdezte Tonit a részletekről – már nem volt fontos. Már csak a zene és a hangszerek szeretete maradt. Azt gondolta, talán ha híres zenész lesz, nem tilthatja meg senki, hogy visszatérjen a hazájába és találkozzanak. Már ez sem volt fontos számára, mert nem volt kinek bizonyítani.

48. fejezet

Szeptember, a felvételi vizsga... Marcus biztos szurkolna nekem és büszke lenne, hogy ha nem is a legjobb úton, de eljutottam idáig. Már csak kötelességből tettem a dolgomat, a szeretet még váratott magára. Talán egyszer újra fellángol. Aznap el kellett mennem a bevásárlóközpontba beszerezni pár dolgot. Toni szeretet volna mutatni valamit, de ez fontos volt számomra. Ben is ott lesz – erősködött, de nem tudott meggyőzni. Ebédidő volt, éhes voltam. Kerestem egy helyet, valami különlegesre vágytam. Nem is ételre, inkább édességre. Szerettem volna egy hatalmas adag fagylaltot csokiöntettel, cukorkákkal a tetején. Ez is olyan bánatűző-féle. Már épp válogattam az ízek közül, mikor olyat láttam, ami Marcus halála után olaj volt a tűzre. Isabelt, hatalmas pocakkal, egy férfi oldalán.

– Jaj, ez a kölyök megőrjít! Itt várunk rá, de inkább elmegy vásárolni, hogy húzza az agyunkat – mérgelődött Ben, mikor Daniel visszautasította a találkozót. – Itt van a vendégünk is, és cseszik ránk. Igaz, ezt ő nem tudja, de azt hittem, örül, hogy együtt lehetünk. Szerintem menjünk utána, ki tudja, mikor ér vissza. Addig beleőrülünk a várakozásba – javasolták a srácok. Elindultunk a vendégünkkel megkeresni Danielt. Útközben többször is hívtuk, de nem vette fel a telefont. Aggódtunk, mert csak vásárolni indult, de nála soha nem tudhattuk, hogy mi fog történi. Szinte vonzotta a szerencsétlenséget. Tudtuk, melyik üzletbe ment, folyamatosan, felváltva hívtuk Bennel, de nem sikerült elérnünk. Na, akkor már tudtuk, hogy valami történt. Nálunk jobban csak az a személy aggódott, aki az autó hátsó ülésén foglalt helyet.

Ahogy megláttam Isabelt a hatalmas pocakjával, a szám is tátva marad. Elléptem a pulttól, otthagytam az eladót, aki kiabált utánam, amire mindenki felfigyelt. Isabel is felém fordult. Mikor meglátta, hogy őt bámulom, megállt és csak nézett rám a hatalmas barna szemeivel, de nem úgy, ahogy szokott. Szemeiben szánalom látszott, és az a szánalmas alak én voltam. Ott feszített egy magas, öltönyös férfi oldalán. Közelebb léptem, és ránéztem a hasára. Lehajtotta a fejét, és újra rám nézett.

– Hamarosan kibújik a picim – mondta, és én elkezdtem számolni. – Kilenc hónap, december, karácsony szenteste, most szeptember van – mondtam hangosan, ami a fejemben megfordult.

– Igen, Daniel, a gyerek tőled van.

– Jól számoltam, éreztem, hogy így van, de akkor ő kicsoda melletted? – kérdeztem Isabelt.

– A férjem, Daniel.

–A férjed? De hát mikor és miért? – záporoztak belőlem a kérdések. – Már akkor is ott volt neked, mikor először együtt voltunk?

– Igen, ő már akkor is ott volt nekem.

– De akkor mire kellettem én?

Ránézett a domborodó pocakjára és azt mondta:

– Te kellettél hozzá.

Felnéztem a férfira, aki csak mosolygott, és egy „köszönöm" hagyta el a száját, majd a karomra fogtak, és leültettek az üzlet előtti egyik asztalhoz. Meg sem tudtam szólalni, olyan hirtelen jött a felismerés, hogy megint kihasználtak, és ennek már nagyobb a tétje.

– Tudod – mondta a férfi – tőlem nem lehetett gyerekünk, ezért szerettünk volna egy fiatal és szép férfit. Isabel választása rád esett, és te kapható voltál a szexre. Nincs kötelezettséged ezzel kapcsolatban, nem kérünk és várunk tőled semmit érte, mint ahogy te se mondd, hogy bármilyen formában része akarsz lenni az életének. Igaz, akaratod ellenére történt, de neked csak szex volt, és zárjuk is itt le ennyivel. Bárhová is fordulnál emiatt, süket fülekre találsz, mert nagykövet vagyok, és diplomáciai védelmet élvezünk mindketten. Egyébként ki hinne neked? Most pedig mindenki megy a saját dolgára, és köszönjük neked még egyszer a fiunkat.

Kisfiú... Csak ültem ott a széken, és ez a szó csengett a fülembe. Odajött hozzám az eladó, hogy akarom-e még a fagylaltot, de csak néztem rá, szólni nem tudtam. Felálltam a székről és elindultam, de nem tudtam, hová. A cuccaimat az asztalon hagytam – kiabáltak utánam. A látásom homályossá vált a könnyeimtől, és célba vettem a közeli korlátot. Felmásztam rá, és csak bámultam lefelé. Magam körül sikoltozást hallottam, de olyan halk volt, hogy elnyomták a fejemben csengő mondatok. A férfi szavai, amelyek, mint egy tőr, átszúrták a szívemet, miközben hallottam egy különleges hangot, egy rég hallott hangot, és úgy éreztem, közel akarok kerülni ahhoz a hanghoz. Átmásztam a korláton és lebámultam a mélybe.

Mikor megláttuk Danielt a korláton, még a vér is megfagyott az ereinkben. A legfelső emeleten volt, messze tőlünk és ugrásra készen. Amilyen gyorsan csak tudtunk, megindultunk a lépcsőn felfelé. Az a bizonyos személy gyorsabb volt mindennél. Miközben kettesével szedte a lépcsőfokokat, torkaszakadtából ordította a „kölyök" szót. Felért, mi még egy emelettel lejjebb jártunk, mikor Daniel elengedte a korlátott, kitárta karjait, és átadta magát a szabadság érzésének.

Odaugrottam és elkaptam a kezét.

– Kölyök, kapaszkodj! – ordítottam a korláton lógva, szorítva a kölyköm kezét. Tekintete homályos volt, de a gyönyörű kék szemeiben ott volt az élni akarás reménye. Éreztem, ahogy megszorította a kezemet és kapaszkodott benne. Elkezdtem felhúzni, közben odaértek a többiek is, és segítettek.

A kéz, amely tartott, erős volt, a hang ismerős, de alig láttam a hozzájuk tartozó személyt. Áthúztak a korláton és szorosan öleltek.

– Kölyök, az én gyönyörű kölyköm – hallottam a hangot, és kezdett kitisztulni a látásom. A karok, amik szorosan tartottak. A csókok, amik elborították a könnyektől áztatott arcomat. A szemek, amelyek bizalmat és határozottságot, de ugyanakkor aggódást sugároztak, a legfontosabb személyhez tartoztak: örök szerelmemhez, Marcushoz.

VÉGE

A szerző

Andy Saturday Szombathelyen született 1974-ben.
Dolgozott fodrászként, cég alkalmazottjaként
mellette pedig 2 gyermek büszke édesanyja. Az írás,
olvasás mellett szereti elütni az időt más kultúrák
felfedezésével és a valóságból inspirációt nyerni.
Gyerekként meséket írt, az irodalom a szenvedélye
és különleges képessége, hogy bármikor meg tud
komponálni egy verset.

novum 📖 KIADÓ A SZERZŐKÉRT

A kiadó

*Aki feladja,
hogy jobbá váljon,
feladta,
hogy jobb legyen!*

E mottó alapján a novum publishing kiadó célja az új kéziratok felkutatása, megjelentetése, és szerzőik hosszútávú segítése. Az 1997-ben alapított, többszörösen kitüntetett kiadó az egyik legjelentősebb, újdonsült szerzőkre specializálódott kiadónak számít többek között Ausztriában, Németországban és Svájcban.

Valamennyi új kézirat rövid időn belül egy ingyenes, kötelezettségek nélküli kiadói véleményezésen esik át.

További információkat a kiadóról és a könyvekről az alábbi oldalon talál:

w w w . n o v u m p u b l i s h i n g . h u